少年读
太平广记 ⑤

[宋]李昉 等编撰　杨柏林 刘春艳 编译　　精美插图版

少年读

太平广记

庞阿

原文诵读

钜鹿有庞阿者，美容仪。同郡石氏有女，曾内睹阿，心悦之。未几，阿见此女来诣阿。阿妻极妒，闻之。使婢缚之，遂还石家。中路，遂化为烟气而灭。婢乃直诣石家，说此事，石氏之父大惊曰："我女都不出门，岂可毁谤如此！"阿妇自是常加意伺察之，居一夜，方值女在斋中，乃自拘执，以诣石氏。石氏父见之，愕眙曰："我适从内来，见女与母共作，何得在此？"即令婢仆，于内唤女出，向所缚者，奄然灭焉。父疑有异，故遣其母诘之，女曰："昔年庞阿来厅中，曾窃视之，自尔仿佛，即梦诣阿。乃入户，即为妻所缚。"石曰："天下遂有如此奇事。"夫精情所感，灵神为之冥著，灭者盖其魂神也。既而女誓心不嫁。经年，阿妻忽得邪病，医药无征，阿乃授币石氏女为妻。（出《幽明录》）

译文

钜鹿县有个庞阿，长得英俊潇洒。同郡石氏家有个女儿，曾偷偷看见过庞阿，心里很是喜欢。不久，庞阿看到石氏女来看自己。庞阿的妻子非常嫉妒，听说了这件事。其妻子让婢女

把石氏女捆了起来，送回石家。半路上，石氏女突然化成一股烟消失了。婢女就直接找到石家，报告这件事，石氏的父亲听后大吃一惊说："我的女儿就没出过门，怎么能这样诋毁她。"庞阿的妻子从此特别注意观察，过了一晚，庞妻发现石氏女正在庞阿的屋里，于是亲手把石氏女绑起来，前往石家。石氏女的父亲看见她，惊愕地说："我刚从后屋来，看见我女儿和她母亲在一起待着，怎么在这里呢？"马上让仆人到内室把女儿叫出来，先前被绑的那个女子，顿时消失了。石氏女的父亲认为这里一定有鬼，就让妻子责问女儿。石氏女说："当年庞阿到我们家中，我曾偷偷看见过他，从那以后恍恍惚惚，就梦见到庞阿家去，刚一进门，就被庞阿的妻子捆了起来。"石氏父亲说："天下竟有这样的怪事。"原来人的精神和感情太执着时，神灵就会离开身体，当初庞阿妻子捆起的石氏女，其实是她的灵魂。后来石氏女发誓不嫁人。过了一年，庞阿的妻子忽然得了邪病，诊治吃药都没有救活，庞阿就送了聘礼，娶了石氏女为妻。

读后感悟

石氏女为情所困，以至灵魂出窍而访庞氏家，因缘际会，竟得偿所愿。

双头鸡

 原文诵读

汉太初二年，大月氏贡双头鸡，四足一尾，鸣则俱鸣。武帝致于甘泉馆，更有余鸡媲（pì）之，得种类也。而不能鸣，非吉祥也，帝乃送还西域。至西关，鸡返顾，望汉宫而哀鸣，言曰："三七末，鸡不鸣，犬不吠。宫中荆棘乱相移，当有九虎争为帝。"至王莽篡位，将军九虎之号。其后丧乱弘多，宫掖中并生蒿棘，家无鸡犬。此鸡未至月支，乃飞，而声似鹍（kūn）鸡，翱翔云里。（出《拾遗录》）

 译文

西汉太初二年，西域的大月氏国进贡了一只双头鸡，这鸡长着四只脚和一条尾巴，打鸣时两只头都鸣叫。武帝把它放在甘泉馆里，想让其他的母鸡和它交配，希望得到这种鸡了。然而双头鸡却从此不再打鸣，武帝认为不吉利，命人把它送回西域。到了西关，那双头鸡回头，看着汉朝的宫殿哀鸣，说道："三七末，鸡不鸣，犬不吠。宫中荆棘乱相移，当有九虎争为帝。"后来果然有号称九虎将军的王莽篡位。从那以后，战乱很多，宫廷中荒凉得生出了野草荆棘，百姓家中没有了鸡犬。

那双头鸡没到月氏国,就飞走了,听声音像是鹍鸡,飞到了云里面。

读后感悟

王莽篡位距汉武帝在位已过百余年,此双头鸡谶语明显为后人附会。

商仲堪

原文诵读

晋商仲堪曾从桓玄行,至鹤穴,逢一老公,驱一青牛,形色瑰异。堪即以所乘牛,易而取之。行至零陵溪,牛忽骏驶非常,因息驾顾之,牛乃径走入江,伺之终日不出。堪心以为怪。未几玄败,堪亦被诛戮矣。(出《幽冥录》)

译文

晋代的商仲堪曾经跟随桓玄出行,走到鹤穴时,遇见一个老翁，驱赶着一头青牛，这牛外形色彩瑰丽异常。商仲堪就把自己驾车的牛和老人的牛交换了。走到零陵溪，那牛忽然飞奔起来，商仲堪停下来看，那牛一直跑进江水中，等了很久也没有出来。商仲堪感到十分奇怪。不久桓玄起兵失败，商仲堪也被诛杀。

读后感悟

非己之物，虽一毫而莫取。

安阳黄氏

原文诵读

北齐武成时，安阳县有黄家者，住古城南。其先累世巨富，有巫师占君家财物欲出，好自防守。若去，家即大贫。其家每夜使人分守。夜有一队人，尽着黄衣，乘马，从北门出。一队白衣人，乘马，从西门出。一队青衣人，乘马，从东园门出。悉借问赵虞家此去近远。当时并忘，去后醒觉，抚心懊悔，不可复追。所出黄白青者，皆金银钱货。良久，复见一人，跛脚负薪而来，亦问赵虞，家人忿极，命奴

击之。就视，乃家折脚铛也。自此之后，渐贫，死亡都尽。
（出《广古今五行记》）

 译文

北齐武成帝时，安阳县有个一家姓黄的人，住在古城南边。他的其家族世代都是巨富，有一个巫师占卜说，他家的财物将要散出，要好好提防守护，如果财物散出，家里就会很贫困。他家每夜都派人分别看守。一天夜里，有一队人，全都穿着黄色的衣服，骑着马，从北门走出来。一队穿白衣服的人，骑着马，从西门走出来。一队穿青衣服的人，骑着马，从东园门走出来。他们都打听赵虞家离此地的远近。当时，人们都忘了财物要散出的事，几队人马离开之后才明白过来，人们非常后悔，但是已经追赶不上了。原来，走出去的黄、白、青几队人，全都是金银钱货。很久后，又见到一个人，瘸着腿、背着柴薪走出来，也打听赵虞家，家人非常愤怒，让奴仆们打他。走近一看，原来是他家的断了一只脚的锅。从此以后，黄家渐渐贫困，到他死的时候，家产全都没有了。

 读后感悟

为人须谨慎，黄家人因看热闹而忘记告诫，终致财货散失。

太原小儿

 原文诵读

严绶镇太原，市中小儿如水际泅戏，忽见物中流流下，小儿争接，乃一瓦瓶，重帛幂之。儿就岸破之，有婴儿长尺余，遂迅走。群儿逐之。顷间，足下旋风起，婴儿已蹈空数尺。近岸舟子，遽以篙击杀之。发朱色，目在顶上。（出《酉阳杂俎》）

 **译文**

严绶镇守太原时，街市里的小孩到水边游泳嬉戏，忽然看见有一个东西从水中流了下来，小孩子们争抢着去接，原来是一个瓦罐，用两层帛盖着。小孩们把它拿到岸上打碎，里边有一个一尺多高的婴儿，一出来就奔跑。小孩们就去追他。顷刻之间，脚下旋风生起，婴儿已腾空而上了好几尺。靠近河岸有一个渡船人，急忙用竹篙把婴儿打死。婴儿的头发是红的，眼睛长在头顶上。

 读后感悟

瓦罐中小孩盖亦被封印之妖怪，一时逃出，即被诛灭。

阳城县吏

 原文诵读

魏景初中,阳城县吏家有怪。无故闻拍手相呼,伺无所见。其母夜作倦,就枕寝息。有顷,复闻灶下有呼曰:"文约,何以不见?"头下应曰:"我见枕,不能往,汝可就我。"至明,乃饭臿也。即聚烧之,怪遂绝。(出《搜神记》)

 译文

三国魏景帝初年,阳城县县吏家里有个怪事。常无缘无故就听到有人拍手呼叫,去看又看不见东西。他的母亲夜间劳作时疲倦,睡下不一会儿,又听到灶下有人喊道:"文约,怎么看不见你?"她头下有人回答说:"我被枕住了,不能过去,你可以到我这来!"到了天亮一看,原来是盛饭用的铲子。于是就把它们集中起来烧了,怪事马上就没有了。

 读后感悟

锅铲亦能成精,咄咄怪事。

蒋惟岳

原文诵读

蒋惟岳,不惧鬼神。常独卧窗下,闻外有人声,岳祝云:"汝是冤魂,可入相见。若是闹鬼,无宜相惊。"于是窸然排户,而欲升其床。见岳不惧,旋立壁下,有七人焉。问其所为,立而不对。岳以枕击之,皆走出户。因走趋,没于庭中。明日掘之,得破车辐七枚,其怪遂绝。又其兄常患重疾,岳亲自看视。夜深,又见三妇人鬼,至兄床前。叱退之,三遍,鬼悉倒地,久之走出。其兄遂愈。(出《广异记》)

译文

蒋惟岳,不害怕鬼神。他曾经独自躺在窗户下面,听到外面有人说话的声音,蒋惟岳祷告说:"如果你是冤魂,可以进来相见。如果是闹鬼,不要来惊扰我。"于是鬼窸窸窣窣打开窗子,想要上到他的床上来。它看到蒋惟岳不害怕,马上站到墙壁下去了,共有七个鬼。蒋惟岳问他们要干什么,他们站着不回答。蒋惟岳用枕头击打他们,他们都跑出门去。于是他跑去追赶,见他们消失在庭院里。第二天挖掘庭院,挖到七根破车辐条,那怪事就绝迹了。另外,他哥哥曾经患了重病,蒋惟岳

亲自照看。夜深时,又看见三个女鬼,来到哥哥床前。他把鬼叱退三次,鬼全都倒在地上,好长时间才跑出去。他哥哥于是就痊愈了。

 读后感悟

可见鬼之性情,欺软怕硬,遇强则弱,遇弱则强。

石从武

 原文诵读

开成中,桂林裨(pí)将石从武,少善射,家染恶疾,长幼罕有全者。每深夜,见一人自外来,体有光耀。若此物至,则疾者呼吟加甚,医莫能效。从武他夕,操弓映户,以俟其来。俄而精物复至,从武射之,一发而中,焰光星散。命烛视之,乃家中旧使樟木灯擎,已倒矣。乃劈而燔(fán)之,弃灰河中。于是患者皆愈。(出《桂林风土记》)

译文

唐朝开成年间,桂林裨将石从武,年少时擅长射箭,他家人染上恶病,全家少有保全的人。每到深夜,就能看见一个人从外边进来,这人身上有一闪一闪的光亮。如果这个东西到来,那些有病的人就呻吟得更加厉害,医生不能医治。一天晚上,石从武拿着弓箭对着门,等着那怪物来。不大一会儿,那精物又来了,石从武拿箭射它,一箭就射中,火光像星星一样散开了。让人拿来灯烛一照,原来是家里以前使用的樟木灯架,已经倒了。于是把它劈开烧掉,把烧后的灰扔到河里。于是生了病的人都痊愈了。

 读后感悟

樟木灯架亦能成精害人,可怪。

梁氏

 原文诵读

后魏洛阳阜财里,有开善寺,京兆人韦英宅也。英早

卒，其妻梁，不治丧而嫁，更纳河内向子集为夫。虽云改嫁，仍居英宅。英闻梁嫁，白日来归。乘马，将数人，至于庭前，呼曰："阿梁，卿忘我也。"子集惊怖，张弓射之，应箭而倒，即变为桃人。所骑之马，亦化为茅马。从者数人，尽为蒲人。梁氏惶惧，舍宅为寺。（出《洛阳伽蓝记》）

 **译文**

北魏洛阳阜财里，有一座开善寺，是京兆人韦英的住宅。韦英早死，他的妻子梁氏，没有办理丧事就改嫁了，接纳河内人向子集为丈夫。虽说她已改嫁，但仍然居住在韦英的住宅里。韦英之魂得知梁氏改嫁，在一天白天，骑着马，带了几个人，来到院子前面，大声呼喊说："阿梁，你忘了我啊！"向子集惊慌害怕，拉开弓用箭射韦英。韦英中箭倒地，变成了桃木人。他所骑的马变成了茅草马。跟随的几个人也都是蒲草扎的。梁氏害怕，捐出住宅作为寺院。

 读后感悟

梁氏薄情，向子集鸠占鹊巢，此等劣行，怎能不起韦英于黄壤，托桃木、蒲草以泄愤。

孙坚得葬地

 原文诵读

孙坚丧父,行葬地。忽有一人曰:"君欲百世诸侯乎,欲四世帝乎?"答曰:"欲帝。"此人因指一处,喜悦而没。坚异而从之。时富春有沙涨暴出。及坚为监丞,邻党相送于上。父老谓曰:"此沙狭而长,子后将为长沙矣。"果起义兵于长沙。(出《异苑》)

 译文

孙坚父亲去世,要找埋葬的地方。忽然有一个人说:"你想百代做诸侯,还是想四代称帝?"孙坚回答说:"想称帝。"那个人于是用手指出一个地方,高兴地消失了。孙坚认为奇异并听从了他的话。这时在富春当即有大沙滩露出。等到孙坚担任监丞官时,邻里们在沙上前来相送。父老们对他说:"这沙滩狭窄而绵长,你将要去长沙做官了。"果然,孙坚后来从长沙举兵起义。

 读后感悟

孙坚少年英雄,征讨黄巾建立功业,挥师讨伐董卓,所向披靡,身任破虏将军,奠定孙吴基业。

八阵图

原文诵读

夔(kuí)州西市,俯临江岸,沙石下有诸葛亮八阵图。箕张翼舒,鹅形鹳势,象石分布,宛然尚存。峡水大时,三蜀雪消之际,㳑(hòng)涌混瀁(yǎng),可胜道哉。大树十围,枯槎百丈,破硙(wèi)巨石,随波塞川而下。水与岸齐,人奔山上,则聚石为堆者,断可知也。及乎水落川平,万物皆失故态。唯诸葛阵图,小石之堆,标聚行列,依然如是者。仅已六七百年,年年淘洒推激,迨今不动。(出《嘉话录》)

灵异

 译文

　　夔州的西市，下临着长江堤岸，沙石下面有诸葛亮留下的八阵图。它像簸箕似的张开翅膀，形状像鹅，势态像鹳，石头有序地分布着，宛如当初一样。三峡水涨，三蜀的大雪融化的时候，大水汹涌澎湃，浩浩荡荡，怎么能说得完呢。十抱粗的大树，百丈长的枯树枝，石磨般的大石头，一起随波浪拥塞大江，江水和堤岸齐平。人们纷纷跑到山上，聚拢的石头堆成堆，那情景可想而知。等到水落川平，万物都失去了原来的样子。只有诸葛亮的八阵图，那些小石头堆聚合成行，仍然像原来一样。已近六七百年了，年年大浪淘沙，推拍击打，那些小石头堆到现在还是一动不动。

 读后感悟

　　杜甫诗云："功盖三分国，名成八阵图。江流石不转，遗恨失吞吴。"诸葛亮雄心壮志，一心恢复汉室，奈何"出师未捷身先死"。

再生

刘凯

 **原文诵读**

唐贞观二年,陈留县尉刘全素,家于宋州。父凯,曾任卫县令,卒于官,葬于郊三十余年。全素丁母忧,护丧归卫,将合葬。既至,启发,其尸俨然如生。稍稍而活,其子踊跃举扶。将夕能言曰:"别久佳否?"全素泣而叙事。乃曰:"勿言,吾尽知之。"速命东流水为汤。既至,沐浴易衣,饮以糜粥,神气属,乃曰:"吾在幽途,蒙署为北酆主者三十年。考治幽滞,以功业得再生。恐汝有疑,故粗言之。"仍戒全素不得泄于人。全素遂呼为季父。后半年,之蜀不还,不知所终。(出《通幽记》)

 译文

唐太宗贞观二年,陈留县尉刘全素,在宋州定居。他父亲刘凯,曾担任卫县县令,在任上去世,埋葬在郊野三十多年。刘全素又遭逢母亲故去,他护灵柩去卫县,准备将父母合葬。到了卫县后,打开棺材,只见父亲的尸体俨然如活着一样。渐渐地,父亲活了过来,全素高兴地扶起他,他到傍晚就能说话了,问道:"分别这么久还好吗?"全素哭着向他叙述这些年的

事。他父亲竟然说道:"不要说了,这些事情我全知道。"他让人取往东流的水烧开。水拿来后,沐浴更衣,吃烂粥饭,精神恢复后,于是说:"我在阴曹地府,蒙恩被任命为鄢都城主三十年。考察治理积压的案件,因为有功得以再生。恐怕你不相信,所以才把这些事粗略地说说。"并告诫儿子不能向外人泄露,刘全素于是叫他叔父。半年后,刘凯去蜀地没有回来,不知道他去了哪里。

读后感悟

有功之人,便能死而复生,奖勤罚懒,无不如此。

陆彦

原文诵读

余杭人陆彦,夏月死十余日,见王。云:"命未尽,放归。"左右曰:"宅舍亡坏不堪。"时沧州人李谈新来,其人合死。王曰:"取谈宅舍与之。"彦遂入谈柩(jiù)中而苏。遂作吴语,不识妻子。具说其事。遂向余杭,访得其家。妻子不认,具陈由来,乃信之。(出《朝野佥载》)

译文

余杭人陆彦,在夏天死了十多日后去拜见阎王。阎王说:"这个人的寿命没有完,放他回去。"身边的侍从说:"他的躯体完全腐烂了。"这时沧州人李谈刚来,这个人该死,阎王说:"拿李谈的躯体给陆彦。"陆彦就进入李谈的棺材中苏醒过来。说话的口音是吴语,不认识老婆孩子。于是详细地讲了还阳的事。随即前往余杭,寻访到他的家。他的老婆孩子不认识他,他陈述经过后,大家才相信了他的话。

读后感悟

此所谓借尸还魂者,虽荒谬不稽,也充满人间温情。

曹宗之

原文诵读

高平曹宗之,元嘉二十五年,在彭城,夜寝不寤,旦亡,晡时气息还通。自说所见:一人单衣帻(zé),执手板,

称北海王使者，殿下相唤。宗之随去。殿前中庭，有轻云，去地数十丈，流荫徘徊。帷幌之间，有紫烟飘摇。风吹近人，其香非常。使者曰："君停阶下，今入白之。"须臾，传令谢曹君："君事能可称，久怀钦迟，今欲相屈为府佐。君今年几，曾经卤簿官未？"宗之答："才干素弱，仰惭圣恩。今年三十一，未曾经卤簿官。"又报曰："君年算虽少，然先有福业，应受显要，当经卤簿官，乃辞身，可且归家，后当更议也。"寻见向使者送出门，恍惚而醒。宗之后任广州，年四十七。明年职解，遂还州病亡。（出《述异记》）

 译文

高平人曹宗之，南朝宋元嘉二十五年时，在彭城，夜里睡觉没有醒过来，天亮时去世了，到了下午气息又通了，活了过来。自己述说见闻：一个人身穿单衣，扎着头巾，手拿竹板，自称是北海王的使者，说北海王要召唤曹宗之，曹宗之便随他去了。殿前的中庭，轻云飘荡，离地有几十丈高。帷幔之间有紫气飘摇。风吹到人前，香味异常。使者说："你在台阶下等着，我现在进去禀报。"过了一会儿，传令让曹宗之进去。里面人对他说："你很有才干和能力，我已经钦佩你很久了，今天想委屈你在府中任职。你今年多大年龄，曾经做过官没有？"曹宗之回答："我的才干向来很小，愧对圣贤的恩德。今年三十一岁，没有当过官。"又对曹宗之说："你的年龄还小，但

祖先有福业，应得到显要的职务，先去做个官，你现在可以起身回家，以后再说。"一会儿，看见刚才那个使者把曹宗之送出门，曹宗之恍惚间醒来。曹宗之后来在广州做官，当时的年龄是四十七岁。第二年解职，从广州回来便病故了。

读后感悟

凡此死而复生之类，多有回忆逝去后之见闻及往而又返之缘由者。曹宗之此事颇有梦入仙山之感。

隰州佐史

原文诵读

隰(xi)州佐史死，数日后活。云：初阎罗王追为典史，自陈素不解案。王令举其所知，某荐同曹一人，使出帖追。王问佐史，汝算既未尽，今放汝还。因问左右，此人在生有罪否。左右云："此人曾杀一犬一蛇。"王曰："犬听合死，蛇复何故？枉杀蛇者。法合殊死。"令某回头，以热铁汁一杓，灼其背。受罪毕，遣使送还。吏就某索钱一百千文。某云："我素家贫，何因得办？"吏又觅五十千，亦答云无。吏云："汝

家有胡钱无数，何得诉贫？"某答："胡钱初不由己。"吏言取之即得，何故不由。领某至家取钱。胡在床上卧，胡儿在钱堆上坐，未得取钱。且暂入庭中。狗且吠之，某以脚蹴，狗叫而去。又见其妇营一七斋，取面作饭。极力呼之，妇殊不闻。某怒，以手牵领巾，妇踬（zhi）于地。久之，外人催之。及出，胡儿犹在钱上。某劲以拳拳其肋，胡儿闷绝，乃取五十千付使者。因得放，遂活。活时，胡儿病尚未愈。后经纪竟折五十千也。（出《广异记》）

译文

隰州佐史去世，几天后又复活了。他说：刚到地府时阎罗王封他为典史，他说自己从来不了解办案。阎王又叫他举荐他所了解的人，他便举荐了一个和他同事的人，阎王便派人拿帖去追赶。阎王对佐史说，你的寿数还没完，现在放你回去。于是询问他左右的官吏，这人生时有罪吗？身边人说："这人曾经杀死过一只狗、一条蛇。"阎王说："狗是应该死的，杀蛇又是为了什么？无故杀蛇的，按照律令应受到特殊的惩罚。"让佐史回头，用一勺热铁汁烫他的后背。受惩戒后，派人送他回来。送他的小吏向佐史索要一百千文钱。佐史说："我向来贫困，我怎么能办到？"小吏又要五十千，佐史也说没有。小吏说："你家有无数胡钱，怎么能说贫穷？"佐史说："胡钱不由我用。"小吏说拿来就可以，怎么说不由你用。小吏领佐史到家取钱，胡在床上躺着，胡儿在钱堆上坐着，没法取钱。于是暂时来到院子里。狗要叫唤，佐史用脚踢狗，狗叫唤着跑开了。又看见他的妻子为他做头七的斋饭，是拿面做的。他用力大呼喊妻子，妻子一点也听不到。佐史大怒，用手扯她的领巾，妻子倒在地上。过了很久，外面的小吏又催他。等他出来，胡儿仍在钱上面，佐史使劲用拳打胡儿的两肋，胡儿昏了过去，他拿了五十千给了那小吏。小吏这才把他放了，他于是活了过来。他苏醒后，胡儿的病还没好。后来，他做买卖正好赔了五十千。

读后感悟

不惟人间有借机敲诈勒索，阴间竟亦有此等勾当。

开元选人

原文诵读

吏部侍郎卢从愿父，素不事佛。开元初，选人有暴亡者，以筭(suàn)未尽，为地下所由放还。既出门，逢一老人著枷，谓选人曰："君以得还，我子从愿，今居吏部。若选

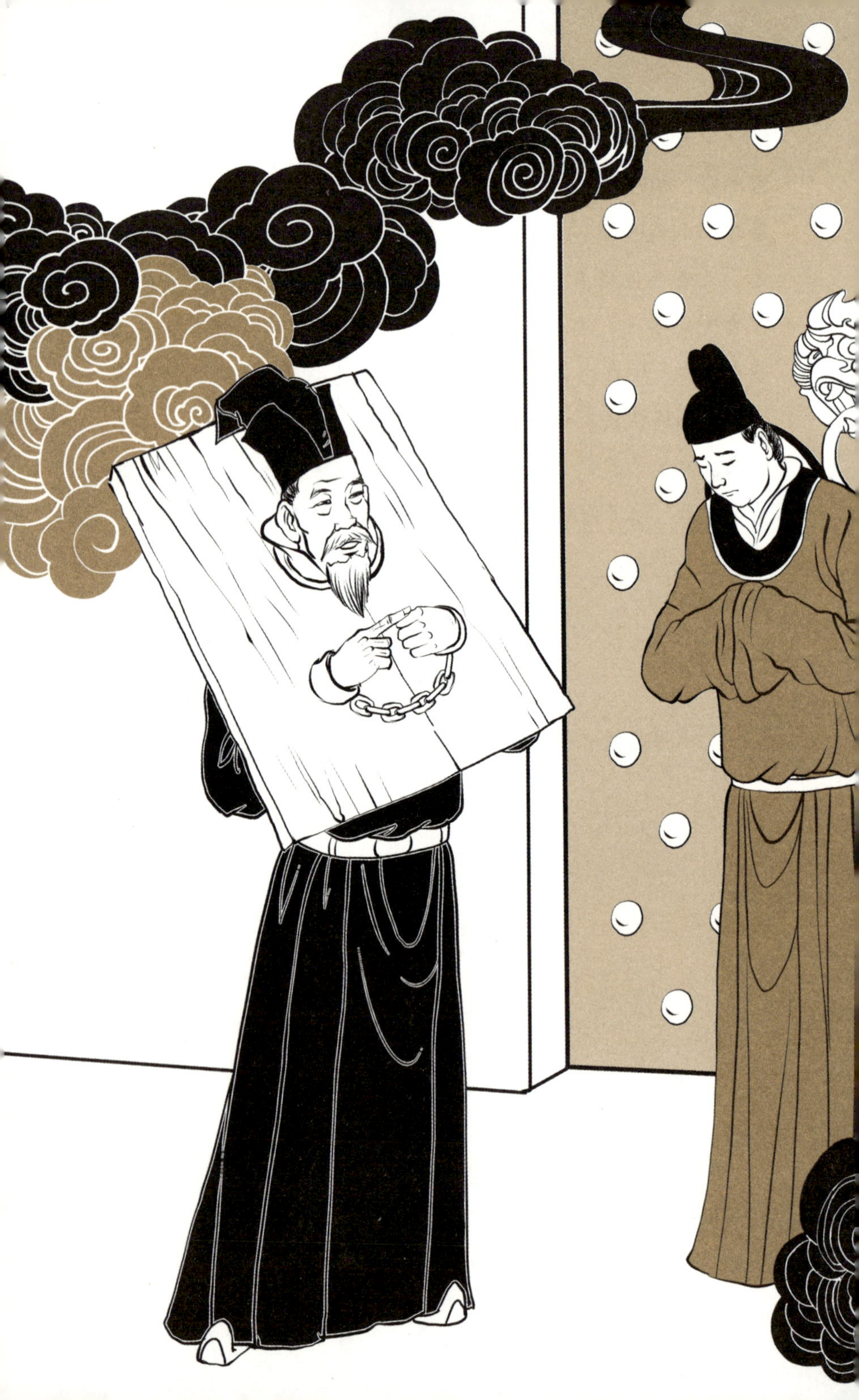

事未毕,当见之,可为相谕,已由不事佛,今受诸罪,备极苦痛。可速作经像相救。"其人既活,向铨(quán)司为说之。从愿流涕请假,写经像相救。毕,却诣选人辞谢,云:"已生人间,可为白儿。"言讫不见。(出《广异记》)

译文

吏部侍郎卢从愿的父亲,向来不信佛。唐玄宗开元初年,参加铨选的官员有人暴病死亡的,因为阳寿还未用完,被阴间的官员放回。出门之后,遇一个戴枷的老人,对这个选人说:"你能回到人间了,我儿子从愿,现在在吏部当官。如果选官的事没结束,你可以见到他,并告诉他,我由于不信佛,现在受了很多惩罚,十分痛苦,叫他赶快塑像诵经做法事救我。"这个人活过来以后,便向吏部说了此事。卢从愿听后痛哭流涕,于是请假,写经塑像救他的父亲。事办完后,卢父到选人那里致谢,说:"已经生还人间,可以告诉我的儿子。"说完就不见了。

读后感悟

此佛教在唐时已然兴盛,唐僧取经的故事被写入《西游记》,家喻户晓。

皇甫恂

原文诵读

安定皇甫恂,以开元中,初为相州参军,有疾暴卒,数食顷而苏。刺史独孤思庄,好名士也。闻其重生,亲至恂所,问其冥中所见。云,甚了了,但苦力微,稍待徐说之。顷者,恂初至官,尝摄司功。有开元寺主僧,送牛肉二十斤,初亦不了其故,但受而食之。适尔被追,乃是为僧所引。既见判官,判官问何故杀牛。恂云:"生来蔬食,不曾犯此。"判官令呼僧,俄而僧负枷至,谓恂曰:"已杀与君,君实不知,所以相引,欲求为追福耳。"因白判官:"杀牛已自当之,但欲与参军有言。"判官曰:"唯。"僧乃至恂所,谓恂曰:"君后至同州判司,为我造陁(tuó)罗尼幢。"恂问:"相州参军何由得同州掾官?且余甚贫,幢不易造,如何?"僧云:"若不至同州则已,必得之,幸不忘所托。然我辩伏,今便受罪。及君得同州,我罪亦毕,当托生为猪。君造幢之后,必应设斋庆度,其时会有所睹。"恂乃许之,寻见牛头人以股叉叉其颈去。恂得放还。思庄素与僧善,召而谓之,僧甚悲惧,因散其私财为功德。后五日,患头痛,寻生三痈,如叉之状,数日死。恂自相州参军迁左武卫兵曹参军,数载,选受同州司士。既至,举官钱百千,建幢设斋。有小猪来师前跪伏,斋毕,绕幢行道数百转,乃死。(出《广异记》)

译文

安定人皇甫恂,在开元年间,初任相州参军便生病暴死,过了几顿饭的时间又苏醒了。刺史独狐思庄,喜欢名士,听说皇甫恂死而复生,就亲自到皇甫恂的住处,询问他在阴间的见闻。说,很多,但我力气微弱,稍等一下慢慢说给你听。先前,皇甫恂刚到官,曾经佐理司功。有开元寺的一个主僧,送给他二十斤牛肉,开始时也不知道其中的缘故,只是接受而且吃了。刚才被追赶,就是被这和尚导致的。去见了判官,判官问为什么要杀牛。皇甫恂说:"生来就吃蔬菜。不曾犯过杀牛的罪过。"判官让人叫那和尚过来,不一会儿,和尚戴着枷锁到来,对皇甫恂说:"我杀了牛给你肉,你确实不知道,让你有罪过,是想求你帮我去办件好事。"于是对判官说:"杀牛的罪过由我自己承担,只是我想和参军说几句话。"判官说:"好。"和尚就到了皇甫恂的住处,对皇甫恂说:"你以后到同州任职,替我做一个陀罗尼幢。"皇甫恂问他说:"相州的参军有什么理由能够得到同州的属官呢?况且我又很是贫困,经幢是不容易制作的,怎么办?"和尚说:"如果不到同州就算了,一定能到的话,希望不要忘记我所委托的事。当然我没什么可说的,甘愿伏罪,现在便可以受罚。等到你得到同州的官职后,我的罪也就结束了,该托生为猪。你造好经幢之后,一定要设立祭坛进行斋戒以超度亡灵,到那时便会相见。"皇甫恂于是答应了他,随即看见长着牛头的人用带股的钢叉叉他的脖子离开。皇甫恂得到放还。思庄向来和这个和尚交

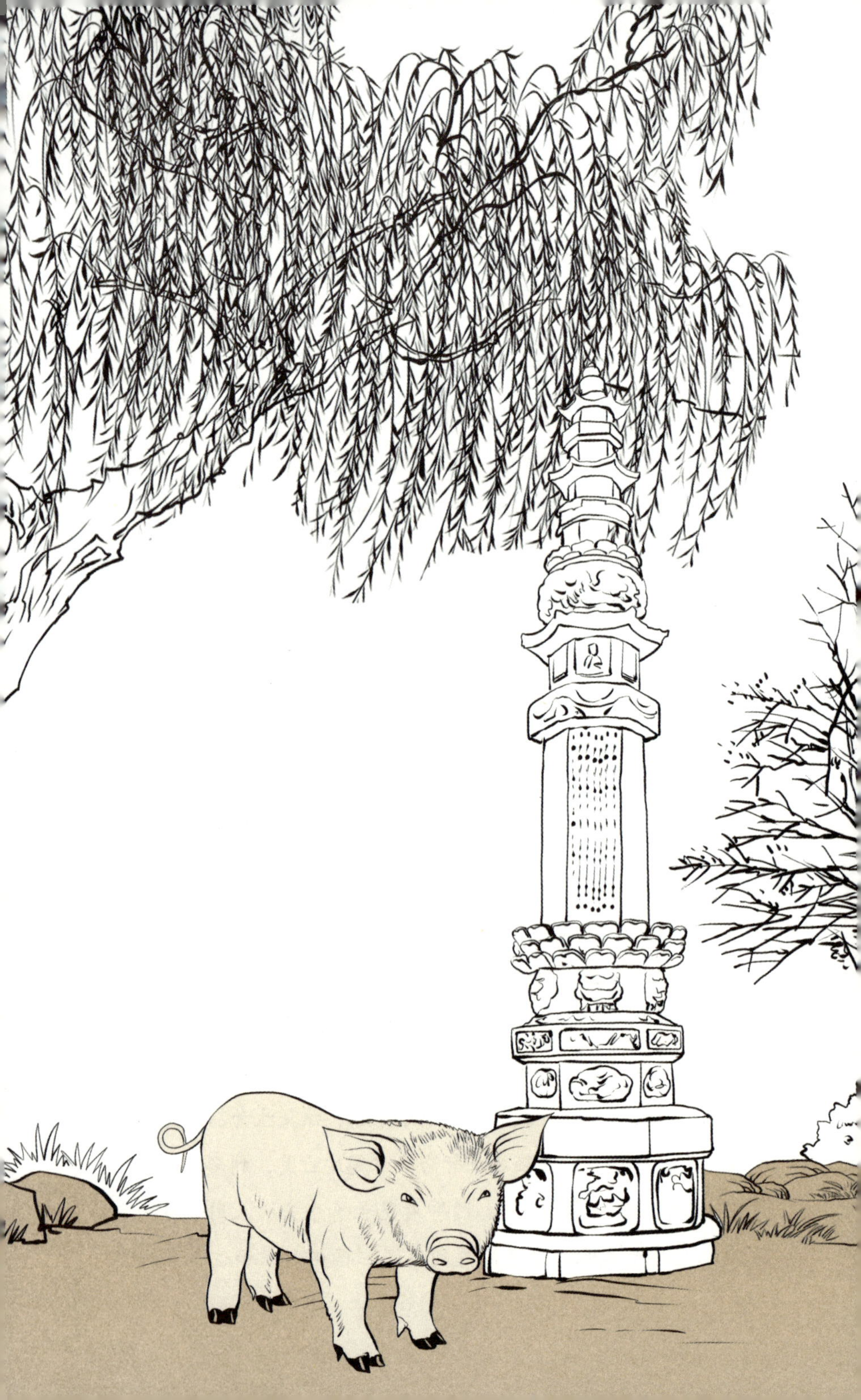

好，便招他来并对他说了这件事，和尚特别悲痛害怕。因而散发他的私有财产作为功德。五天后，他生了头痛病，随即长三个疮，像叉子的形状，几天后死了。皇甫恂从相州参军升迁到左武卫兵曹参军，数年后，被选拔为同州司士。到任后，他将官钱十万全部用来做经幢设斋戒。有一头小猪前来跪伏，斋戒完毕，围绕经幢走了数百圈，就死掉了。

读后感悟

此事曲折蹊跷，叙述有致。皇甫恂实是和尚所寻的一个代办者，所遇甚奇。

琅邪人

原文诵读

琅邪人，姓王，忘名，居钱塘。妻朱氏，以太元九年病亡，有三孤儿。王复以其年四月暴死。时有二十余人，皆乌衣，见录云。到朱门白壁，状如宫殿。吏朱衣素带，玄冠介帻。或所被著，悉珠玉相连结，非世中仪服。复将前，见一人长大，所著衣状如云气。王向叩头，自说妇已亡，余孤儿尚

小,无相奈何。便流涕。此人为之动容,云:"汝命自应来,为汝孤儿,特与三年之期。"王诉云:"三年不足活儿。"左右一人语云:"俗尸何痴,此间三年,是世中三十年。"因便送出,又活三十年。(出《幽明录》)

译文

有个琅邪人,姓王,忘了他的名字,他居住在钱塘。他的妻子朱氏,在晋朝太元九年病故,留有三个孤儿。王某又在这一年的四月突然死亡。当时有二十多个人,都穿着黑衣服,把他带走。来到一个白墙红门像宫殿的地方。官员们红衣白带,戴着黑帽、扎着头巾。有的穿着用珠玉连缀而成的袍服,都不像人世间的服饰。王某将上前,看见一个身材高大的人,穿的衣服像是云雾一样,王某朝他磕头,自己诉说妻子已经亡故,留下的孩子还小,不知道该怎么办。于是痛哭起来。那位人听了为之动容,说:"你命中注定是要死的,但是为了你的孤儿,我特地给你三年的时间。"王某哭诉说:"三年的时间不足以把孩子养大成人。"这人旁边的一位侍从说:"你这个死鬼怎么这痴癫,这里的三年,就是阳间的三十年!"于是把王某送出,王某又活了三十年。

读后感悟

阴间也有哀怜人家子孙者,鬼亦通人情。

僧彦先

原文诵读

青城室园山僧彦先尝有隐慝,离山往蜀州,宿于中路天王院,暴卒。被人追摄,诣一官曹。未领见王,先见判官。诘其所犯,彦先抵讳之。判官乃取一猪脚与彦先,彦先推辞不及,俛俛(mǐn fǔ)受之,乃是一镜。照之,见自身在镜中,从前愆过猥亵,一切历然。彦先渐惧,莫知所措。判官安存,戒而遣之。洎再生,遍与人说,然不言所犯隐秽之事。

(出《北梦琐言》)

译文

青城室园山的和尚彦先曾经有些隐私。他离开室园山前往蜀州,半道在天王院借宿,突然死去。他被人追捕捉拿,被带到阴间的官府。鬼卒没让他见阎王,先领他去见判官。判官问彦先犯的什么罪,彦先抵抗隐瞒而不认罪。判官于是拿来一个猪蹄给他,他先是推辞不接,实在不得已,低着头勉强接了,那猪蹄却变成了一面镜子。彦先一照,看见自己在镜子里,从前的丑事,全都清楚地显现出来了。彦先慢慢感到惊恐,不知该怎么办。判官安抚他半天,告诫他之后就放他回到了阳间。

自从彦先再生后，到处说他去往阴间的事，但是没有说他曾做过的那些坏事。

读后感悟

天道昭昭，善恶有报，不可不畏。

梁氏

原文诵读

咸阳有妇人姓梁，贞观年中，死经七日而苏。自云，被收至一大院，见厅上有官人，据案执笔，翼侍甚盛。令勘问："此妇人合死不？"有吏人赍一案云："与合死者同姓名，所以误追。"官人敕左右，即放还。吏白官人云："不知梁有何罪，请即受罪而归。"官人即令勘按，云："梁生平唯有两舌恶骂之罪，更无别罪。"即令一人拔舌，一人执斧砍之，日常数四。凡经七日，始送令归。初似落深崖，少时如睡觉。家人视其舌上，犹大烂肿。从此以后，永断酒肉，至今犹存。（出《冥报拾遗》）

译文

咸阳有个姓梁的女子,生活在唐代贞观年间,她死后过了七天又活了过来。她自己说,死后被拘押在一个大院里,见堂上有官人,靠着桌子拿着笔,两旁站着很多侍从。这官员让人核查这女子该不该死。这时,有个小吏拿来一个卷宗报告说:"这女子和一个该死的人姓名相同,所以抓错了人。"官员命令侍从,立刻放梁氏回阳世。小吏员向大官说:"不知道这个梁氏在人间犯没犯罪,如果她有罪,应该让她受刑赎罪后,再放她还阳。"大官就命人查看梁氏的卷宗,之后说:"梁氏生平只有一件好骂人的罪,没有别的罪。"于是让一个人拔出梁氏的舌头,另一个人用斧子砍舌头,每天进行好几次这样的刑罚。总共过了七天,才送梁氏回到人间。梁氏刚开始像是掉进一个深深的悬崖,过了一小会儿又像是睡着了。家里人看她的舌头,仍然又肿又烂。从此以后,梁氏便不再喝酒吃肉,到现在她还活着。

读后感悟

梁氏女子阴差阳错被拘阴司,又以小过受刑,也算是一种警告。

悟前生

悟前生

王练

原文诵读

王练字玄明，瑯琊人，宋侍中。父珉，字季琰，晋中书令。相识有一胡沙门，每瞻珉风采，甚敬悦之，辄语同学云："若我后生，得为此人作子，于近愿亦足矣。"珉闻而戏之曰："法师才行，正可为弟子耳。"顷之，沙门病亡，亡后岁余而练生焉。始能言，便解外国语。及绝国奇珍，铜器珠贝，生所不见，未闻其名，即而名之，识其产出。又自然亲爱诸胡，过于汉人。咸谓沙门审其先身，故珉字之曰阿练，遂为大名云。（出《冥祥记》）

译文

王练，字玄明，是瑯琊人，南朝宋时担任侍中。王练的父亲王珉，字季琰，东晋时担任中书令。王珉认识的人中有一个胡人和尚，这个和尚每次看到王珉的风采，都非常崇敬欣喜，经常对他的师兄弟说："如果我晚点出生，能够给王珉当儿子，我的小心愿就可以满足了。"王珉听说后，同他开玩笑说："法师的才能和品行，正可以当我的儿子。"不久之后，和尚就病死了，和尚死后一年多，王练出生。王练刚会说话，就懂得

外国的语言。对于外国的奇珍异宝、铜器珠贝，虽生下来从没有见过，也没有听说过名字，却能立即叫出名字来，而且能够说出这些东西出产在什么地方。王练还非常愿意亲近各国的胡人，超过了亲近汉人。人们都说那个胡人和尚是王练的前身，所以王珉为儿子起小名叫阿练，后来就当了他的大名。

读后感悟

王珉一语成谶，法师得偿所愿。

文澹

原文诵读

前进士文澹甚有德行，人皆推之。生三四岁，能知前生事。父母先有一子，才五岁，学人诵诗书，颇亦聪利。无何，失足坠井而卒。父母怜念，悲涕不胜。后乃生澹。澹一旦语父母曰："儿先有银胡芦子并漆毬香囊等，曾收在杏树孔中，不知在否？"遂与母寻得之。父母知澹乃前子也，怜惜过于诸兄。志学之年，词藻俊逸。后应举，翰林范学士禹偁（chēng）坐下及第。澹之兄谷也。（出《野人闲语》）

悟前生

译文

前进士文澹很有德行，人们都推崇他。他三四岁时，就能够知道前生的事情。文澹的父母以前生过一个儿子，才五岁时，学别人诵读诗书，也非常聪明伶俐。不久，他失足坠入井中死掉了。父母怀念他，不胜悲痛。于是后来生了文澹。文澹有一天对父母说："我先前有银胡芦子和漆球、香袋等东西，被我放在杏树洞中，不知道现在还在不在那里？"于是和母亲一起去找到了这些东西。父母才知道文澹就是先前那个儿子托生的，对他喜爱超过了他的几个兄长。文澹十五岁时，写文章词藻华丽、飘逸出尘。后来，他参加科举考试，在翰林院学士范禹偁主考时进士及第。文澹的哥哥叫文谷。

读后感悟

文澹为兄长文谷所托生，其父母失而复得，何其幸运。

家墓

袁安

原文诵读

袁安父亡,母使安以鸡酒诣卜贡问葬地。道逢三书生,问安何之,具以告。书生曰:"吾知好葬地。"安以鸡酒礼之,毕,告安地处。云:"当葬此地,世为贵公。"便与别。数步顾视,皆不见。安疑是神人,因葬其地。遂登司徒,子孙昌盛,四世五公。(出《幽明录》)

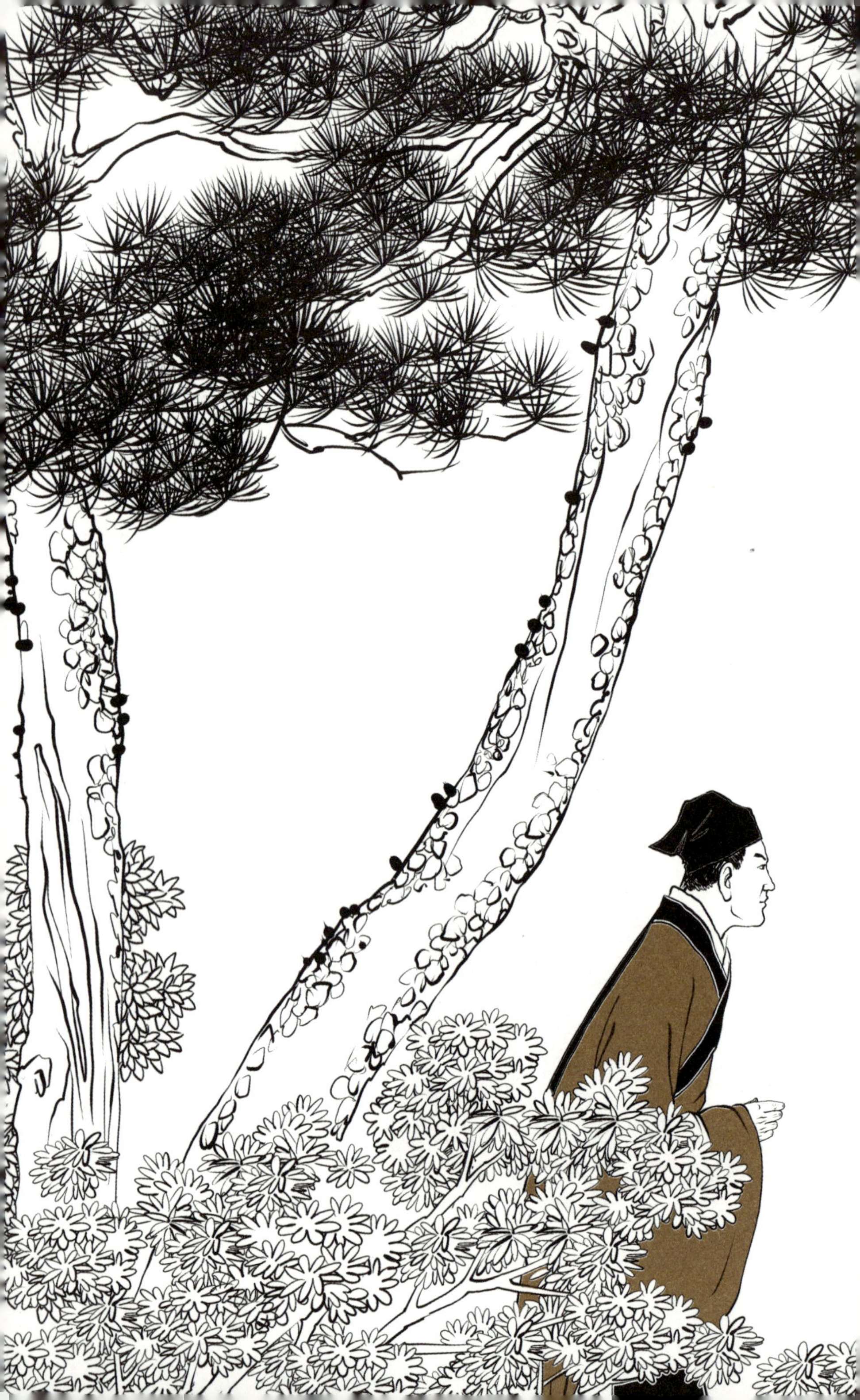

译文

袁安的父亲去世,母亲让袁安带着鸡和酒到卜筮的人那里卜问墓地。他在半路遇到三个书生,问袁安去哪里,袁安详细地把事情告诉给他们。书生说:"我知道一个好墓地。"袁安用鸡肉和酒招待他们,吃喝完毕,他们告诉袁安墓地的所在。说:"应当葬在此地,世世代代可以做达官贵人。"然后同他分别。袁安刚走出几步回头看,三个书生都不见了。袁安怀疑他们是神人,于是把父亲葬在那里。后来,他果然做到司徒的职位,子孙昌盛,四代出了五个公卿大官。

读后感悟

古人重风水,尤以坟墓为重。并非先祖非能佑护子孙,实际上乃是子孙慎终追远,事死如生而已。

铭记

夏侯婴

原文诵读

汉夏侯婴以功封滕公,及死将葬,未及墓,引车马踏地不前。使人掘之,得一石室,室中有铭曰:"佳城郁郁,三千年见白日,吁嗟滕公居此室!"遂改卜焉。(出《独异志》)

译文

汉朝的夏侯婴因军功被封为滕公,等到他去世将要安葬的时候,还未到墓地,拉车的马便扑倒在地,不能往前走。派人在这里往下挖掘,竟然挖到一个石屋,石里刻有铭文:"佳城郁郁,三千年见白日,吁嗟滕公居此室!"于是将滕公改葬在这里。

读后感悟

古人多有意外得到前代碑铭之事,夏侯婴此事尤为神奇。

王承检

原文诵读

王蜀秦州节度使王承检,筑防蕃城。至上邽山下,获瓦棺,内无尸,唯有一片舌,肉色红润,坚如铁石。其舌上只有一髑(dú)髅,中有一古钱,有二蝇,振然飞去。片石刻篆字曰:"大隋开皇二年,渭州刺史张崇妻夫人王氏,年二十五,嫁于崇,三年而娠,恶其妊娠,遂卒。铭曰:'车道之北,邽山之阳,深深葬玉,郁郁埋香。刻斯贞石,焕乎遗芳。地变陵谷,崄列城隍。乾德丙年,坏者合郎。'"是岁伪乾德六年,丙子岁也。言"坏者合郎",即王承检小字也。

(出《玉溪编事》)

译文

前蜀秦州节度使王承检修筑防蕃的城池，修筑到上邽山下时，挖到一口瓦棺，里面没有尸体，只有一片舌头，舌头的肉色红润，坚硬如铁石。舌头上面有一块死人的头骨，里面有一枚古钱，有两只苍蝇，从里面振翅飞走。有一片石头，上面刻着篆字："大隋开皇二年，渭州刺史张崇妻夫人王氏，二十五岁时，嫁于张崇，三年后怀孕，因妊娠恶阻，于是去世。铭文说：'车道之北，邽山之阳，深深葬玉，郁郁埋香。刻斯贞石，焕乎遗芳。地变陵谷，崄列城隍。乾德丙年，坏者合郎。'"这一年正好是前蜀后主乾德六年，丙子年。铭文中说"毁坏古墓的'合郎'"，就是王承检的小名。

读后感悟

此事与高流之事相类似，唯其中所述死者生前事甚详。

雷

杨道和

原文诵读

晋扶风杨道和,夏于田中,值雷雨,至桑树下。霹雳下击之,道和以锄格,折其股,遂落地不得去。唇如丹,目如镜,毛角长三尺余,状如六畜,头似猕猴。(出《搜神记》)

译文

晋代扶风郡的杨道和,夏天在田里劳动,正好赶上打雷下雨,便走到桑树下。霹雳向下击他,杨道和用锄头和它打斗,并打断了它的胳膊,霹雳于是落到地上不能离开。它的嘴唇像丹砂一样,眼睛似镜子一样,头上的两只角有三尺多长,长着毛,形状如同家禽,头像猕猴。

读后感悟

《搜神记》多记鬼灵精怪之事,想象奇特,此杨道和与霹雳搏斗取胜,尤为奇特。

石勒

原文诵读

后赵石勒时，暴风大雨雷雹。建德殿端门、襄国市西门倒，杀五人。雹起西河介山，大如鸡子，平地三尺，洿下丈余。行人禽兽，死者万数。历千余里，树木摧折，禾稼荡然。勒问徐光，曰："去年不禁寒食，介推帝乡之神也，故有此灾。"（出《五行记》）

译文

后赵石勒当政时，暴风大雨、打雷降冰雹，建德殿的端门、襄国市的西门倒塌，砸死五个人。冰雹兴起于西河的介山，有鸡蛋大小，平地积起三尺厚，低洼的地方有一丈多深。路人及飞禽走兽被砸死的数以万计，方圆千余里内，树木被折断摧毁，禾苗庄稼荡然无存。石勒询问徐光，徐光说："去年寒食节没有禁火，而介之推是天上的神仙，所以才有这场灾祸。"

读后感悟

暴雨冰雹，是人间常有之事，徐光则认为是寒食节未禁火所致，荒谬。

建州山寺

原文诵读

唐柳公权侍郎,尝见亲故说:元和末,止建州山寺。夜半,觉门外喧闹,潜于窗棂中窥之。见数人运斤造雷车,宛如图画者。久之,一嚏气,忽斗暗,其人双目遂昏。(出《酉阳杂俎》)

译文

唐朝侍郎柳公权,曾经听到亲友说:元和末年,他在建州的一座山寺里借住。半夜时,感觉门外喧闹,就悄悄在窗户缝隙间往外看。看见有几个人挥舞斧子砍削木头制造雷车,样子就像图画上画的一样。过了好久,他打了一个喷嚏,突然之间一片漆黑,他的两只眼睛便看不见了。

读后感悟

风雨雷电各有生命,与人无异,这是古人奇特的想象。

杨询美从子

原文诵读

唐御史杨询美,居广陵郡。从子数人皆幼,始从师学。尝一夕风雨,雷电震耀。诸子俱出户望,且笑且詈曰:"我闻雷有鬼,不知鬼安在,愿得而杀之,可乎?"既而雷声愈震,林木倾靡。忽一声轰然,若在于庑。诸子惊甚,即驰入户,负壁而立,不敢辄动。复闻雷声,若大呵地吼,庐舍摇动,诸子益惧。近食顷,雷电方息,天月清霁。庭有大古槐,击拔其根而劈之。诸子觉两髀(bì)痛不可忍,具告询美。命家僮执烛视之,诸髀咸有赤文,横布十数,状类杖痕,似雷鬼之所为也。(出《宣室志》)

译文

唐朝的御史杨询美,在广陵郡居住。他有几个侄子都还小,刚开始跟随着老师学习。曾经有一天傍晚,刮风下雨,雷鸣电闪。几个侄子都到屋外观望,边笑边骂说:"我听说打雷时有鬼,不知道鬼在哪里。我希望抓到鬼然后杀掉它,可以吗?"随即雷声更大了,树木都倒在地上。忽然一声轰鸣,好像在堂屋的游廊打响,侄子们十分吃惊,立即跑进屋内,背靠着墙壁站着，不敢妄动。又听到一声雷鸣，就像天呼地吼，房屋震得直晃动，孩子们更加害怕了。将近一顿饭的时间，雷鸣电闪才停息了，天空晴朗，月光皎洁。院子里有一棵古老的大槐树，被连根拔起、劈为两半。侄子们都觉得两条大腿疼痛难忍，都来告诉杨询美。杨询美让家僮拿来蜡烛察看，只见每人的大腿上全有红色的条纹，横向排列着有十几条，像是杖打的痕迹，好像是雷鬼干的。

读后感悟

雷电给人们带来好处，却又造成许多事故，故人们对它又敬又怕，这个故事反映了古人这种心态。此雷鬼能通人言，恣意报复，亦可怪。

雨

不空三藏

原文诵读

唐梵僧不空，得总持门，能役百神，玄宗礼之。岁旱，命祈雨。不空言可过某日，今祈之必暴。上乃命金刚三藏设坛请雨，果连淋注不止，坊市有漂溺者，遽召不空止之。遂于寺庭，建泥龙五六，乃溜水，胡言詈(lì)之。良久，复置之大笑。有顷雨霁。玄宗又尝诏术士罗公远与不空祈雨，互陈其效。俱召问之，不空曰："臣昨焚白檀香龙。"上命左右掬庭水嗅之，果有檀香气。每祈雨，无他轨则，但设数绣座，手旋数寸木神，念咒掷之，自立于座上。伺木神口角牙出，目瞚，雨辄至。（出《酉阳杂俎》）

译文

唐代僧人不空，得以担任总持门，能够役使百神，玄宗皇帝对他以礼相待。有一年大旱，玄宗让他求雨。不空说要过了某一天才可以，现在祈雨一定会下暴雨。皇帝于是命令金刚三藏设置祭坛求雨，果然连降大雨不止，大街上有被水冲走和淹死的，于是急忙叫来不空把雨止住。不空就在寺庙的院子里，用泥土建造了五六条龙，往龙身上泼水，并胡言乱语地骂它。

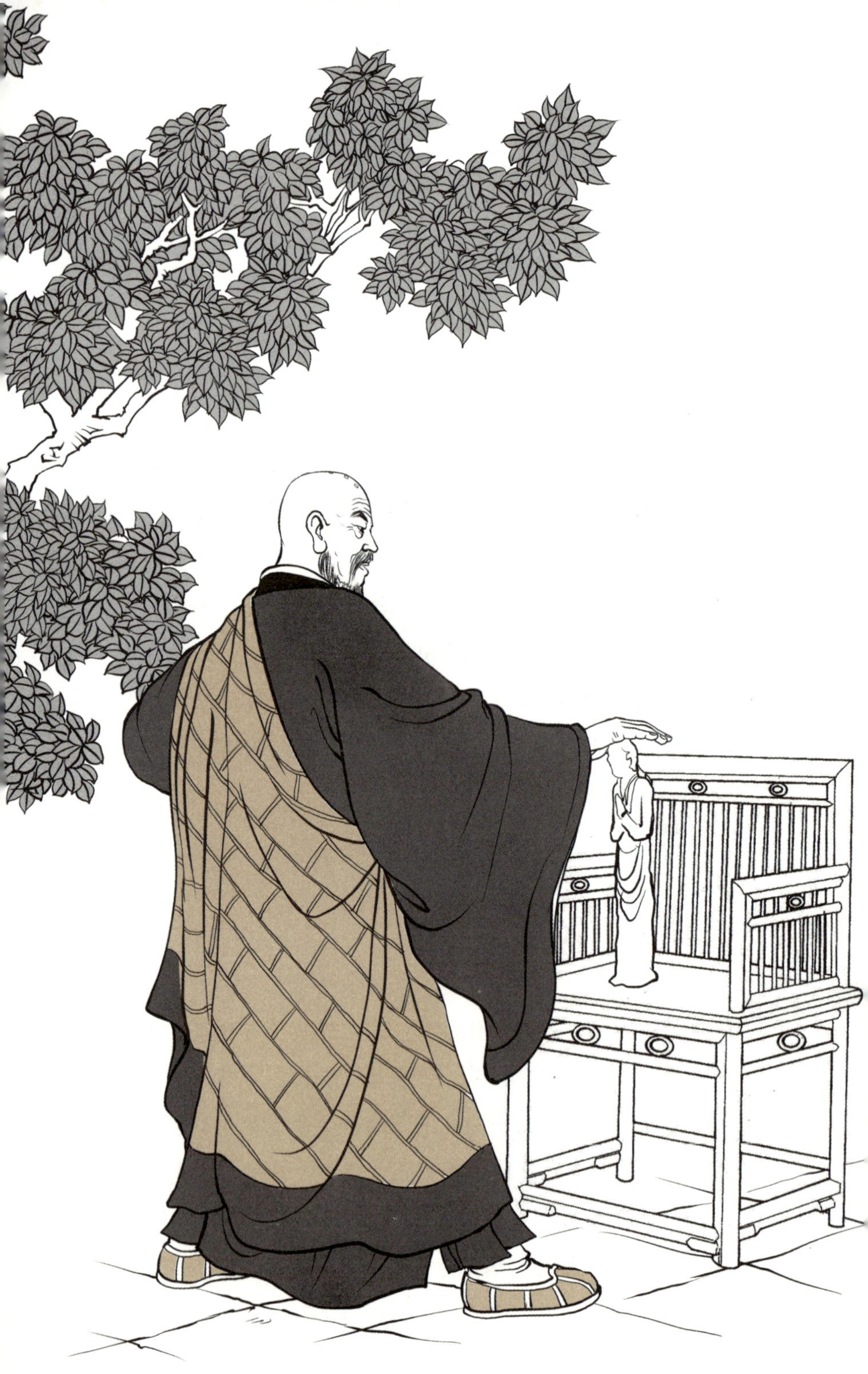

过了许久,又停下来大笑。过了一会儿,雨过天晴。玄宗还曾经下诏命令术士罗公远与不空求雨,他俩都说是自己求雨的效果。皇上把他们都叫过来询问,不空说:"昨天求雨时,烧的是白檀香龙。"皇上让侍从用手捧起院子里的雨水嗅了嗅,果然有檀香的气味。不空每次求雨时,没有别的方法,只是摆几个漂亮的座位,用手旋转几寸长的木制神像,念着咒语把神像甩出去,它就会自行站立在座位上。等到神像口角间冒出牙齿出来,眼睛一眨,雨就下来了。

读后感悟

古代求雨之事史不绝书,或灵验,或不灵,亦尽人事听天命之无奈之举。

山

大翮山

原文诵读

上郡人王次仲,少有异志,变仓颉旧文为今隶书。秦始皇时,官务烦多,以次仲所易文,简便于事。因而召之,凡三征不致。次仲怀道履真,穷数术之妙。始皇怒其不恭,令槛车送之。次仲行次,忽化为大鸟,出车外,翩飞而去。落二翮于斯山,故其峰峦有大翮小翮之名矣。魏《土地记》曰:"沮阳城东北六十里,有大翮小翮山。山上神名大翮。庙东有温汤水口,温汤疗治万病。泉所发之麓,俗谓之土亭山。北水热甚诸汤,疗病者,要须别消息用之。(出《水经》)

译文

上郡人王次仲,少年时有与众不同的志向,把仓颉的旧文字改变为现今的隶书。秦始皇时,政务繁多,使用次仲所改变的文字,办事就简便多了。秦始皇因而征召他做官,共征召三次都没有来。王次仲心怀大道,施行真知,穷究天文术数的奥妙。始皇认为他对自己不恭敬,很是生气,下令用囚车把他

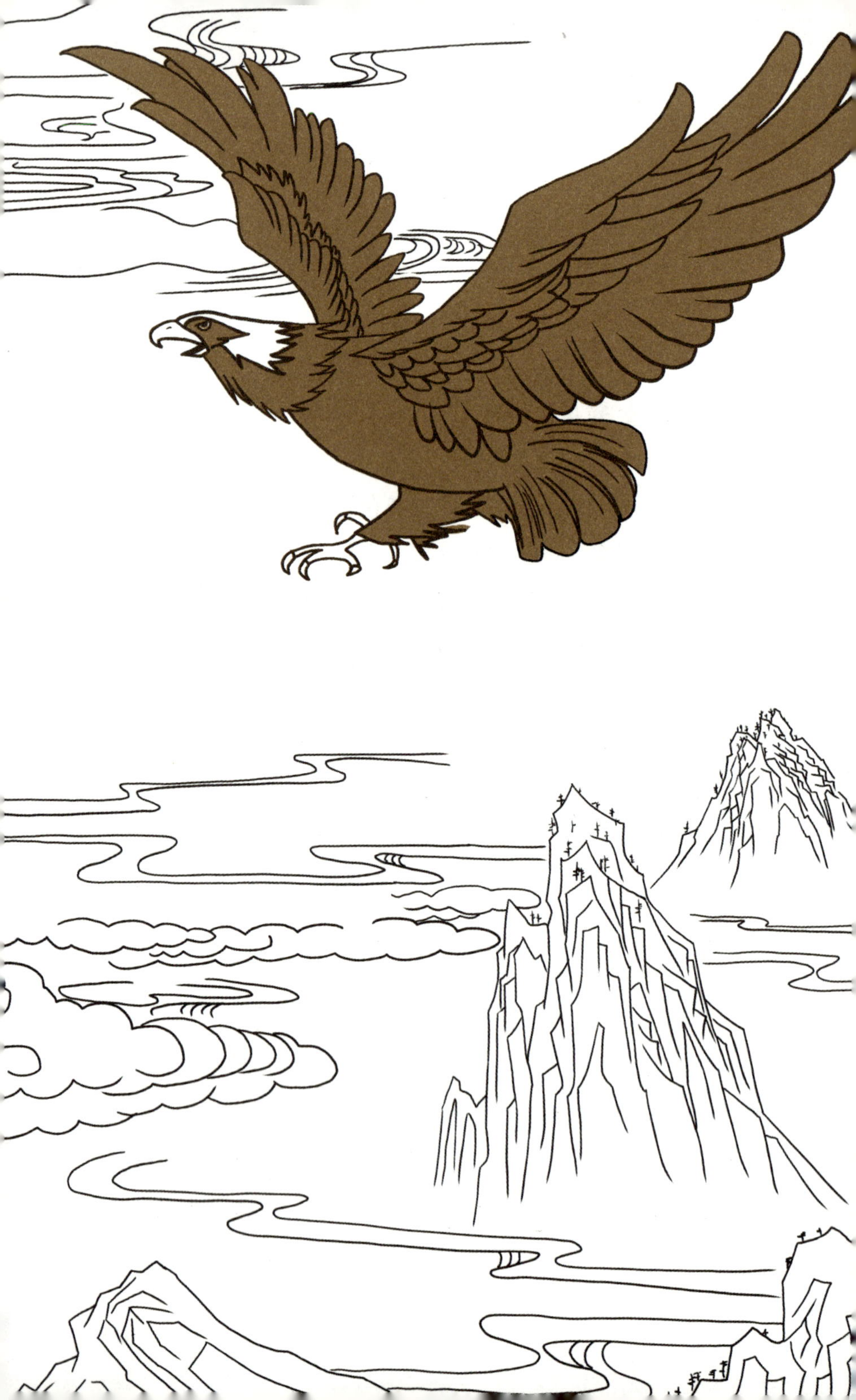

送来，王次仲途中暂停，忽然变成一只大鸟，飞到囚车外面走了。在那座山上落下两根羽毛，因此其山峰有大翮山小翮山的名字。魏朝的《土地记》里说："在沮阳城东北方六十里，有大翮山小翮山，山上神名大翮。庙的东面有温泉口，温泉水能治疗各种疾病。涌出温泉的山麓，俗间称之为土亭山。山北面的温泉水的温度比其他泉水高，治病的人，关键是弄清楚各泉的情况再去使用。"

读后感悟

《延庆州志》记："佛峪山在州城西北三十里，下有温泉，盖即大翮山也。"翮，即是羽毛。大翮山、小翮山为羽毛所化，遂成为道家圣地。

石

石鼓

原文诵读

吴郡临江半岸崩,出一石鼓,槌之无声。武帝以问张华,华曰:"可取蜀中桐材,刻为鱼形,扣之则鸣矣。"于是如其言,果声闻数里。(出《录异记》)

译文

吴郡临江的堤岸有一半崩塌,出现一面石鼓,用木槌敲打它没有声音。晋武帝于是询问张华,张华说:"可以取来蜀中的桐木,雕刻成鱼的形状,敲打它就会鸣响了。"于是按照张华说的去做,果然石鼓的声音在几里地之外都能听到。

读后感悟

明代薛始亨《行路难》:"君不见吴郡临平石鼓出,扣之寂然难拊搏。蜀桐一旦刻为鱼,逢逢数里声洋溢。从来奇姿钟至精,气求声应惟其物。"说明好马配好鞍。

采石

原文诵读

石季龙立河桥于云昌津,采石为中济。石无大小,下辄随流,用工五百余万,不成。季龙遣使致祭,沉璧于河。俄而所沉璧流于渚上。地震,水波腾上津所。楼殿倾坏,压死者百余人。(出《录异记》)

译文

石季龙要在云昌渡口建一座河桥,开采石头建造桥基。石头无论大小,扔下去就随水流走,用工五百多万,都没有成功。石季龙派遣使者去祭祀,把玉璧投到河中。不一会儿,投入水中的玉璧漂流到河中的陆地上。大地震动,河水的波涛上下翻腾,涌上渡口。渡口上面的楼台殿阁倾倒毁坏,有一百多人被压死。

读后感悟

石季龙即石虎,十六国时后赵皇帝,其严刑苛政施之于民,此采石故事盖亦映射其事。

青石

原文诵读

唐显庆四年,鱼人于江中网得一青石,长四尺,阔九寸,其色光润,异于众石。悬而击之,鸣声清越,行者闻之,莫不驻足。都督滕王表送,纳瑞府。(出《豫章记》)

译文

唐朝显庆四年,有个打鱼人在江中网得来一块青石,长四尺,宽九寸。它的颜色光亮柔润,和其他石头都不一样。把青石悬挂起来敲打,它发出的响声清脆悠扬,走路的人听到这声音,没有不停住脚步的。都督滕王上奏章运往朝廷,朝廷把这石头放进瑞府收藏。

读后感悟

钟磬向为中国传统礼乐之代表,所谓"出水见贞质,在悬含玉音",即言磬之清正雅致。

水

帝神女

原文诵读

《山海经》：洞庭之中，帝之二女居之。郭璞注云：天帝之二女，处江为神。《列仙传》所谓江妃二女也。《离骚》所谓《湘夫人》，"帝子降兮北渚"是也。《河图玉板》云，尧之二女，为舜之妃，死葬于此。冢在县北一百六十里青草山。（出《山海经》）

译文

《山海经》上说：洞庭之中，天帝的两个女儿居住在那里。郭璞注释说：天帝的两个女儿，居住在江中做神仙。就是《列仙传》中所说的江妃二女。《离骚》里所收《湘夫人》中"帝子降兮北渚"说的就是她们。《河图玉板》上说，尧的两个女儿，是舜的妃子，死后埋葬在这里。墓在县城北面一百六十里的青草山。

读后感悟

刘向《列仙传》载："江妃二女者，不知何所人也，出游于江汉之湄，逢郑交甫，见而悦之，不知其神人也。"《离骚》中所记湘夫人又与此不同。

宝

霍光

原文诵读

汉宣帝尝以皂盖车一乘赐大将军霍光，悉以金铰饰之。每夜，车辖上有金凤凰飞去，莫如所，至晓乃还，守车人亦见之。南郡黄君仲，于北山罗鸟，得一小凤子，入手便化成紫金。毛羽翅宛然具足，可长尺余。守车人列云，车辖上凤凰，常夜飞去，晓则俱还。今晓不还，恐为人所得。光甚异之，具以列上。后数日，君仲诣阙，上金凤凰子。帝闻而疑之，以置承露盘，倏然飞去。帝使人寻之，直入光家，至车辖上，乃知信然。帝取其车，每游行，辄乘之。故嵇康《游仙诗》云"翩翩凤辖，逢此网罗"是也。（出《续齐谐记》）

译文

汉宣帝曾经把一辆黑色盖篷的车赐给大将军霍光，霍光把这辆车全都用金子装饰起来。每天夜晚，车轴的插销上就有一只金凤凰飞出去，没有人知道飞到哪里了，到了天亮才飞回来，看守车子的人也看见了。南郡的黄君仲，在北山用网捕鸟，捕到了一只小凤凰，拿到手里便变成了紫金。其上羽毛和翅膀都很完整，约有一尺多长。看守车子的人报告说，车轴插

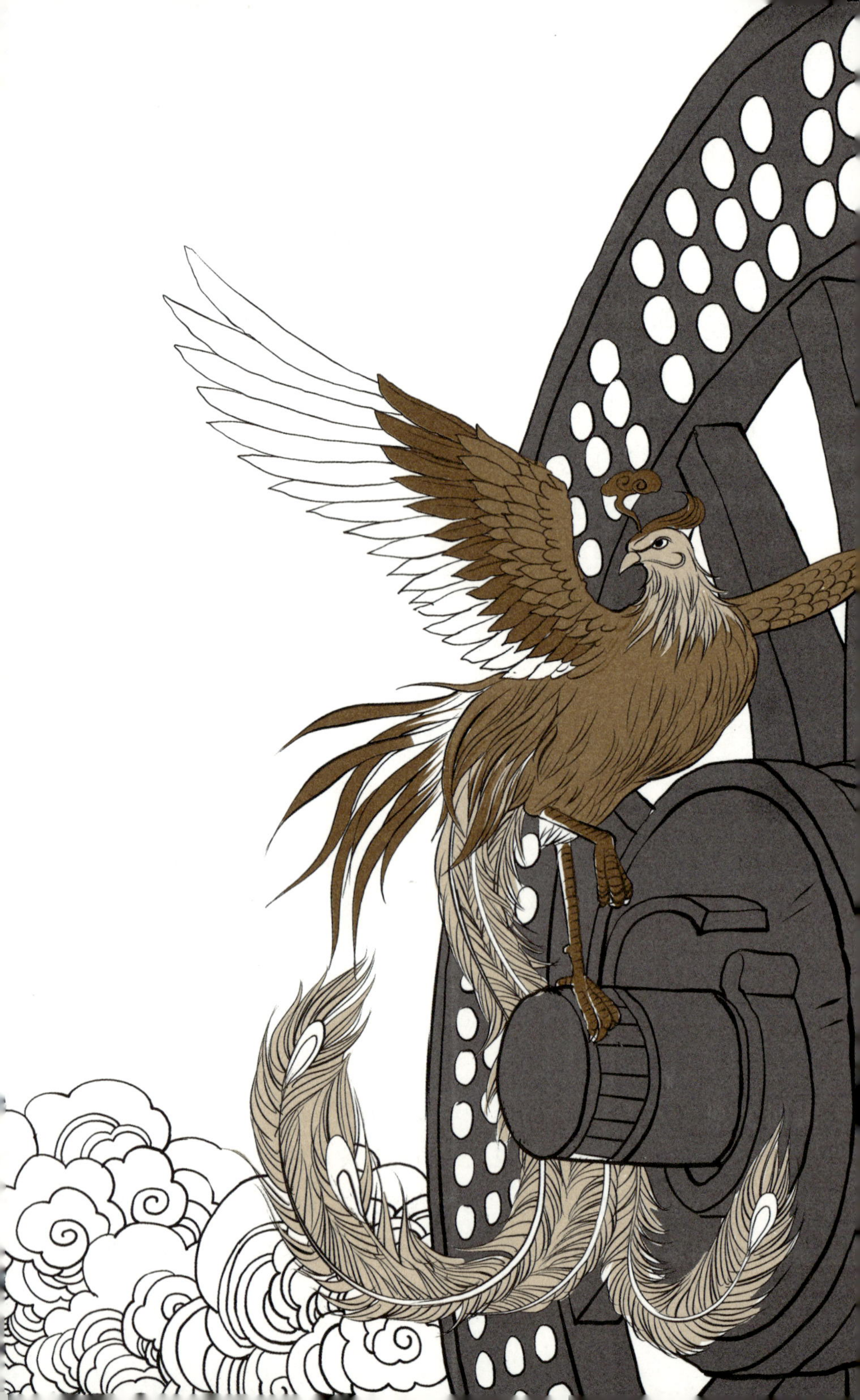

销上的金凤凰，经常在夜晚飞出去，天亮就都飞回来了。今天天亮后还没飞回来，恐怕被他人得到了。霍光对这件事感到特别奇怪，就把守车人所说的事都报告给了皇上。几天后，黄君仲到京城，进献小金凤凰。宣帝听说后颇为怀疑，就把小金凤凰放在承露盘中，小金凤凰突然飞走。宣帝令人寻找，小金凤凰直接飞到霍光家，落到车轴的插销上，宣帝这才知道果然是这样。宣帝取回这辆车，每次外出巡游，都乘坐这辆车。所以嵇康在《游仙诗》中说"翩翩凤辖，逢此网罗"，就是说的这件事。

读后感悟

霍光受命辅政，显贵亨通，家财巨万，不知收敛，终致败亡。

建安村人

原文诵读

建安有人村居者，常使一小奴。出入城市，经舍南大冢。冢傍恒有一黄衣儿，与之较力为戏。其主迟之，奴以实

告。觇(chān)之信然。一日,挟挝(zhuā)而往,伏于草间。小奴至,黄衣儿复出。即起击之,应手而踣,乃金儿也。因持以归,家自是富。(出《稽神录》)

译文

建安年间有个在乡村居住的人,常使唤一个小奴。小奴出入城里的集市,要经过屋子南边的大墓。墓旁常有一个穿黄衣服的小孩,和他做比力气大小的游戏。小奴的主人认为他回来晚了,小奴便把实情告诉了主人。主人偷偷地去看了看,的确如此。有一天,主人带着武器前去,埋伏在草丛里。小奴来到,那黄衣小孩又出来了。埋伏在草丛里的主人立即跳起来击打黄衣小孩,黄衣小孩立即被打倒,原来是个小金孩。于是他就把金小孩带回家,家里从此便富有起来。

读后感悟

为人须谨慎,宝物更需避光保藏。

汉高后

原文诵读

汉高后时，下书求三寸珠。仙人朱仲，在会稽市贩珠，乃献之。赐金百斤。鲁元公主私以金七百斤，从仲求珠，复献四寸者。（出《列仙传》）

译文

汉高后吕雉当权时，下诏书征求直径三寸的大珍珠。仙人朱仲，在会稽贩卖珍珠，于是进献了珍珠。高后赐给他一百斤金子。鲁元公主私下用七百斤金子，向朱仲购求大珍珠，朱仲便献给她一个直径有四寸大的珍珠。

读后感悟

钱能通神，此言不虚。

马脑

原文诵读

帝颛顼时,丹丘之国献马脑瓮,以盛甘露。帝德所被,殊方入贡,以露充于厨也。马脑石类也,南方者为上。今善别者,马死则扣其脑而视。其色如血者,则日行万里,能腾飞空虚;脑色黄者,日行千里;脑色青者,嘶闻数百里外;脑色黑者,入水毛鬣(liè)不濡,日行五百里;脑色白者,多力而弩。今为器多用赤色者。若是人功所制者,多不成器,成器亦拙。其国人听马鸣,别其脑色。(出王子年《拾遗》)

译文

帝颛顼时,丹丘国进献一个马脑瓮,用来盛放甘露。颛顼的威德所到的地方,边远地区都进贡甘露,因此甘露充满厨房。马脑是石头的一种,南方出产的为上等。如今善于辨别马脑的人,马死之后就要取出马脑看一下。其色如血一样的,就能日行一万里,能够腾飞空中;脑色发黄的,日行一千里;脑色发青的,嘶鸣起来数百里之外就可以听见;脑色发黑的,入水之后鬣毛不会被沾湿,日行五百里;脑色发白的,力气大而走得慢。现在制作物大多用红色的,像这种人工制作的器具,多半不能做成,即使做出来也显得笨拙。丹丘国的人听到马鸣,就能分辨马脑的颜色。

读后感悟

马脑,今作码磂或玛瑙,从石或从玉,可见是石头或玉石一类东西。大凡物以稀为贵,中原地区少见,则古人以为异物而倍加珍惜。

月镜

原文诵读

周灵王起处昆昭之台,有侍臣苌弘,巧智如流,因而得侍。长夜宴乐,或俳谐舞笑,有殊俗之伎。百戏骈列,钟石并奏。亦献异方珍宝。有如玉之人,如龙之锦,亦有如镜之石,如石之镜。此石色白如月,照面如雪,谓之月镜。玉人皆有机类,自能转动,谓之机妍。苌弘言于王曰:"圣德所招也。"故周人以弘媚谄而卒杀之。流血成石,或言成璧,不见其尸矣。(出王子年《拾遗》)

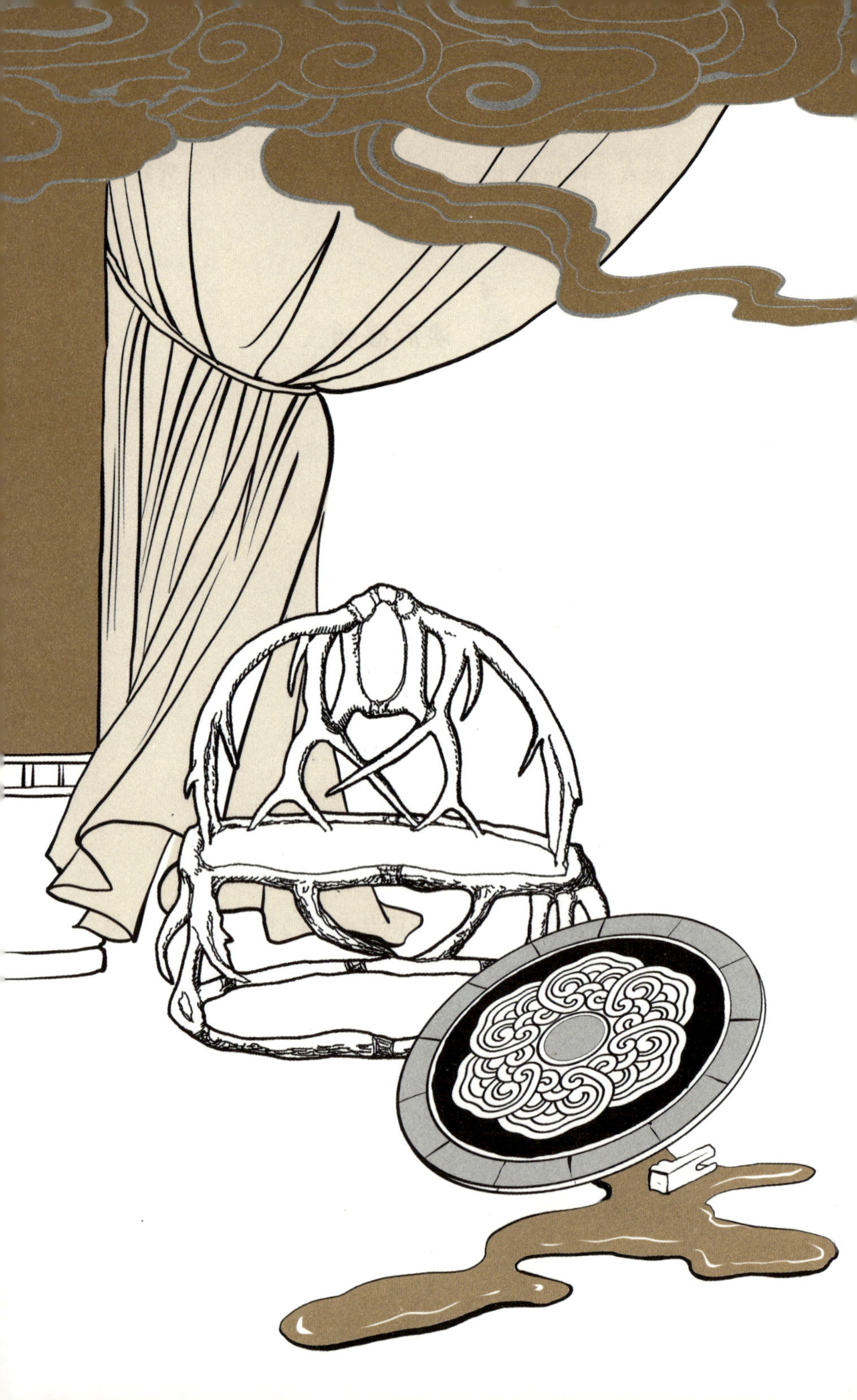

译文

周灵王居住在昆昭台，有一个侍臣苌弘，他机巧敏捷、口若悬河，因而得以侍奉周灵王。他们长夜饮酒作乐，有时滑稽诙谐，也有远方异族的表演。上百种戏一起上演，丝竹齐奏。也献上一些异地的珍宝。有像玉的人，像龙的锦，也有像镜子的石头，像石头的镜子。这种石头颜色像月亮一样白，用来照脸时，脸像雪一样白，叫作"月镜"。玉人都有机关，自己能转动，叫作"机妍"。苌弘对周灵王说："这些都是被大王的圣德招来的。"所以周朝人认为苌弘谄媚而最终杀了他。他的血流出来化成石头，有的说变化成碧玉，看不到他的尸体了。

读后感悟

苌弘化作碧玉以彰其冤屈，古人常用苌弘化碧、望帝啼鹃并举以作典故。

草木

合离树

原文诵读

终南山多合离树,叶似江离,而红绿相杂。茎皆紫色,气如罗勒。其树直上,百尺无枝。上结藂(cóng)条,状如车盖,一青一丹,斑驳如锦绣。长安谓之丹青树,亦云华盖树。亦生于熊耳山中。(出《西京杂记》)

译文

终南山有许多合离树,叶子和江离相似,但是颜色红绿相杂。茎都是紫色的,看着像罗勒。这种树的长势直上云天,一百尺之内没有枝杈。上边长满密密麻麻的枝条,形状就像车盖一样,红红绿绿,斑驳得有如锦绣。长安人叫它丹青树,也叫华盖树。这种树在熊耳山中也有生长。

读后感悟

《西京杂记》中记载:"惠帝七年夏,雷震南山,大木数千株,皆火燃至末。其下数十亩地,草皆焦黄。"可见在汉惠帝时终南山遭雷电灾害,引发大火,高大的树木皆被烧死。

玉树

原文诵读

云阳县界,多汉离宫故地。有树似槐而叶细,土人谓之玉树。扬子云《甘泉赋》云:"玉树菁葱。"后左思以为假称珍,盖未详也。(出《国史异纂》)

译文

云阳县界,有许多汉离宫旧址。有一种树像槐树而叶子细小,当地人叫它玉树。扬子云的《甘泉赋》中说:"玉树菁葱。"后来左思以为扬雄在杜撰故意罗列一些真贵的东西,大概是没有详细了解的缘故。

读后感悟

古代草木甚多,然并非都能传至今日,自然进化,优胜劣汰而已。

偓桑

原文诵读

东方有树焉,高八十丈。敷张自辅,其叶长一丈,广六七尺。名曰桑。其上自有蚕,作茧长三尺。缲一茧,得丝一斤。有椹焉,长三尺五寸,围如长。桑是偓桑,但树长大耳。(出《神异经》)

译文

东方有一棵大树,八十丈高。树枝张开互相压着,它的叶子一丈长,六七尺宽。树名叫桑。树上自然生长着蚕,蚕茧三尺长。只缲一个茧,就可以缲出一斤丝。结有桑椹,三尺五寸长,周长和长度一样。这种桑树叫偓桑,只是比一般的桑树高大。

读后感悟

此文所谓偓桑者,今亦不存,未知为何物。

圣鼓枝

原文诵读

含洭县漒水口下东岸,有圣鼓,即杨山之鼓枝也,横在川侧。冲波所激,未尝移动。众鸟飞鸣,莫有萃者。船人误以篙触,以患疟。(出《酉阳杂俎》)

译文

含洭县水口下东岸,有圣鼓枝,就是杨山的鼓枝,横卧在水边上。山洪冲激,它也没有移动过。各种鸟在附近飞鸣,但是没有在上面聚集的。撑船的误把船篙触到圣鼓枝上,就会患上疟疾。

读后感悟

此圣鼓枝今亦不存,未知为何物。

柰祗草

原文诵读

柰祗(nǎi zhī),出拂林国。苗长三四尺。根大如鸭卵。叶似蒜,叶中心抽条甚长。茎端有花六出,红白色,花心黄赤。不结子。其草冬生夏死,与荞麦相类。取其花,压以为油,涂身,除风气。拂林国王及国内贵人用之。(出《酉阳杂俎》)

译文

柰祗,出于拂林国。苗高三四尺。根大得像鸭蛋。叶子像蒜叶,叶中心的抽条很长。茎端有六个花瓣,红白色,花心是红黄色。不结籽。这种草冬天生长夏天枯萎,和荞麦相似。取来它的花,压成油,涂到身上,可以驱除风寒之气。拂林国王以及国中的贵族们会使用它。

读后感悟

不知此神草为何物,其有祛除风寒之效,大略与防风、麻黄类似。

红紫牡丹

原文诵读

唐至德中,马仆射总镇太原,得红紫二色牡丹,移于城中。元和初犹少,今与戎(róng)葵较多少耳。(出《酉阳杂俎》)

译文

唐朝至德年间,马仆射总镇太原,得到了红紫两色的牡丹,便移栽到了城里。元和初年时,这种牡丹还很少,现在则可以和戎葵比较多少了。

读后感悟

"红紫牡丹"为牡丹中之名贵品种,有"二色红""紫二乔"等。

柤稼柢树实

原文诵读

东方大荒之中,有树焉,名曰柤(zhā)稼柢,柤,柤梨也;稼者,株稼也;柢,昵也。三千岁作花,九千岁作实。其花蕊紫色,其实赤色。亦高百丈,或千丈也。敷张自辅。东西南北方枝,各近五十丈。叶长七尺,广五尺。色如绿青,木皮如梓。树理如甘草,味饴。实长九尺,围如长。无瓤核。竹刀剖之,如凝蜜。得食,复见实,即灭矣。言复见后实熟者,寿一万二千岁。(出《神异录》)

译文

东方大荒之中,有一种树,名叫柤稼柢。柤就是柤梨;稼,就是株稼;柢,就是昵。这种树三千年开花,九千年结果。它的花蕊是紫色的,果实是赤色的。也有一百丈高,有的可达一千丈。枝干铺敷互相遮盖。东西南北各方的树枝,各近五十丈。叶子七尺长,五尺宽。叶子的颜色绿青,树皮像梓树。树的纹理有如甘草,味道甜美。果实九尺长,周长和长度一样。果实没有瓤和核,用竹刀剖开,如同切割凝结的蜜。能吃到它

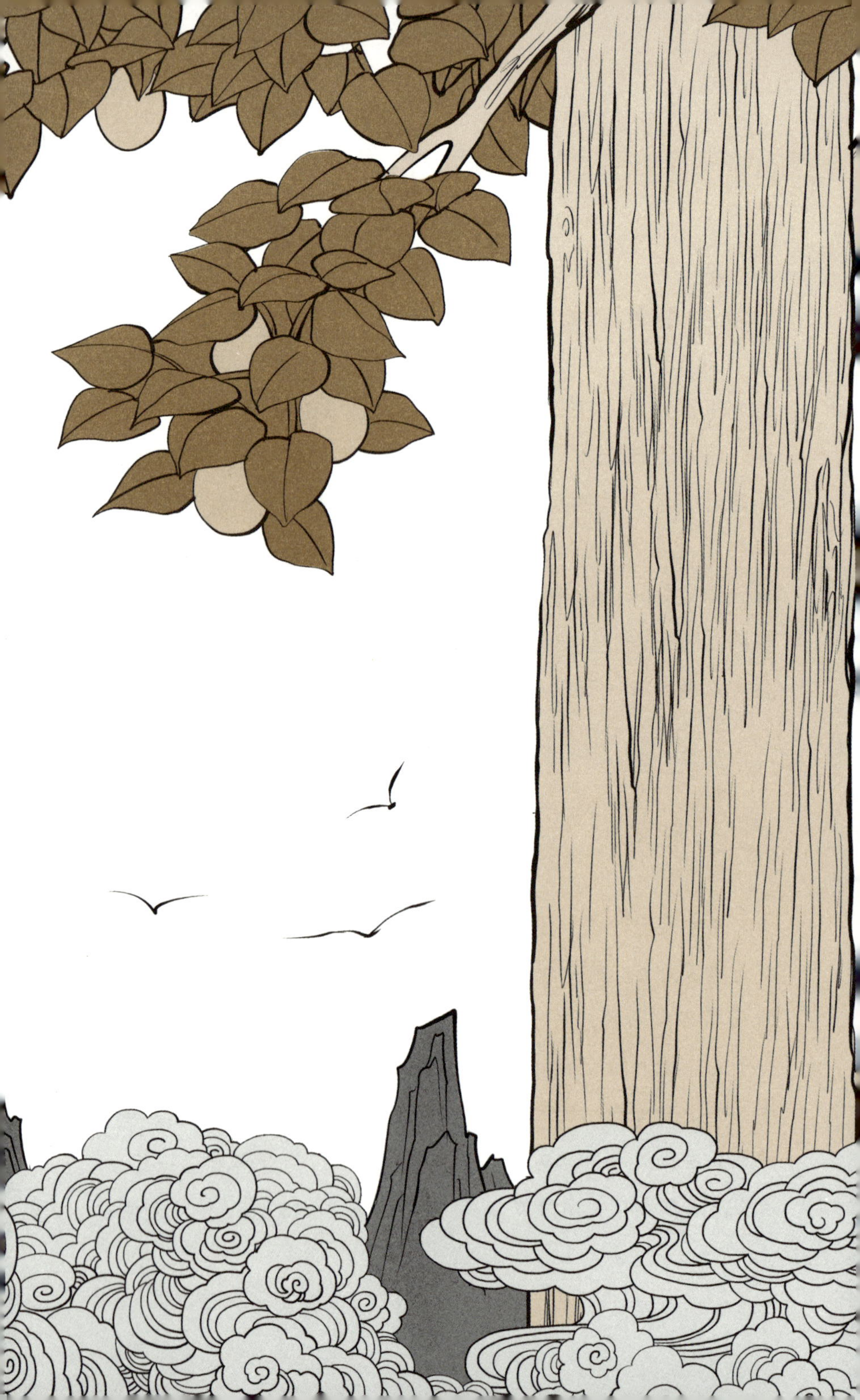

的果实的人，再见到它的果实，果实就化了。传说再次见到的果实如果还是成熟的，可以活一万二千岁。

读后感悟

此树及果实颇为奇异，大约与《西游记》中人参果相类似，人间应无。

糯枣

原文诵读

晋赵莹家，庭有糯枣树，婆娑异常，四远俱见。有望气者，访其邻里，问人云："此家合有登宰辅者。"里叟曰："无之。然主人小字相儿，得非此乎？"术士曰："王气方盛，不在其身，当在其子孙。"其后莹由太原判官大拜，出将入相。（出《北梦琐言》）

译文

晋朝人赵莹家，院子里有一棵枣树，枝叶婆娑非同寻常，

四处都可以远远就望见它。有一位会观风望气的人，问赵莹的邻居说："这一家当有做宰辅大官的。"邻居老头说："没有。但是这家主人的小名叫'相儿'，该不会是他吧？"术士说："这地方王气正盛，不应在他本人身上，就当应在他的子孙身上。"这之后，赵莹由太原判官升任大官，出将入相。

读后感悟

糯枣又名君迁子，此观风望气之人大概以其名有君子升迁之意而附会其说。

楼阙芝

原文诵读

隋大业中，东都永康门内，会昌门东，生芝草百二十茎，散在地，周十步许。紫茎白头，或白茎黑头。或有枝，或无枝。亦有三枝，如古"出"字者。地内根并如线，大道相连著。乾阳殿东，东上阁门槐树上，生芝九茎，共本相扶而生。中茎最长，两边八茎，相次而短，有如树阙，甚洁白。武贲郎将段文操留守，图画表奏。（出《大业拾遗记》）

译文

隋朝大业年间，东都的永康门内，会昌门东，长出一百二十棵灵芝草，散生在地上，大约在方圆十步之内。紫茎白头，有的是白茎黑头。有的有枝，有的无枝。也有三枝的，像古文字"出"那样。地下的根都像细线一样，在大道的下边互相连着。乾阳殿东，东上阁门的槐树上，长出九棵灵芝，九棵都长在一条根上，相互扶持。中间的一棵最高，两边八棵，依次变矮，很像树做的大门，很是洁白。武贲郎将段文操留守东都，画图上表奏报给了皇上。

读后感悟

楼阙芝，大约因其生长之处而命名，亦应是灵芝之属。

龙脑香

原文诵读

龙脑香树,出婆利国。婆利呼为个不婆律。亦出波斯国。树高八九丈,大可六七围。叶圆而背白,无花实。其树有肥有瘦,瘦者出婆律膏。香在木心,中断其树,劈取之。膏于树端流出,斫树作坎而承之。入药用,别有法。(出《酉阳杂俎》)

译文

龙脑香树,出于婆利国。婆利人称之为"个不婆律"。波斯国也有这种树。树高八九丈,大的有六七围粗。叶是圆形的,背面发白,不会开花结果。树有肥有瘦,瘦的产出婆律膏。香料在树的内心,从中间把树截断,劈开后可以取出来。膏是从树顶上流下来的,要在树上砍出一个坎儿来接住。入药则另有用法。

读后感悟

龙脑香即今之天然冰片,其树木高大,木质部有树脂,香味浓郁,可作香料。

陆敬叔

原文诵读

吴先主时,陆敬叔为建安郡太守。使人伐大樟树,不数斧,有血出,树断,有物人面狗身,从树中出。敬叔曰:"此名彭侯。"乃烹食之。白泽图曰:"木之精名彭侯,状如黑狗,无尾,可烹食之。"(出《搜神记》)

译文

吴先主时,陆敬叔担任建安郡太守。他派人砍伐一棵大樟树,砍了没几斧,就有血流了出来。树被砍断以后,有一个人面狗身的东西,从树中出来。陆敬叔说:"这东西叫彭侯。"于是就把它煮着吃了。白泽图说:"树精的名字叫彭侯,形状像黑狗,没有尾巴,可以煮着吃。"

读后感悟

彭侯,相传为人面狗身之树精,习性不详。

龙

苍龙

原文诵读

孔子当生之夜,二苍龙亘天而下,来附徵在之房,因而生夫子。有二神女擎香露,空中而来,以沐浴徵在。(出《王子年拾遗记》)

译文

孔子出生的那天夜里,两条苍龙横贯天空而降下,前来盘桓在徵在的房子周围,于是孔子出生。有两位仙女手举香露,从空中而来,用香露给徵在沐浴。

读后感悟

古代圣人帝王降生,多有附会,不足怪。

江陵姥

原文诵读

江陵赵姥以沽酒为业。义熙中,居室内忽地隆起,姥察为异。朝夕以酒酹之。尝见一物出头似驴,而地初无孔穴。及姥死,家人闻土下有声如哭。后人掘地,见一异物蠢然,不测大小,须臾失之。俗谓之土龙。(出《渚宫旧事》)

译文

江陵的赵姥以卖酒为业。义熙年间,她居室内的地面忽然凸了起来。赵姥看了觉得奇怪,便早晚用酒祭奠它。曾经看见一个头长得像驴的东西从里面出来,但是地上没有一点缝隙。等到赵姥去世,家人听到土下有像哭泣的声音。后来人们把地挖开,看到一个会动的怪物,看不出大小,很快就没了。俗世称之为土龙。

读后感悟

此土龙不知为何物,头似驴而能作人哭泣之声,可怪。

萧昕

原文诵读

唐故兵部尚书萧昕常为京兆尹。时京师大旱，炎郁之气，蒸为疾厉。代宗命宰臣，下有司祷祀山川，凡月余，暑气愈盛。时天竺僧不空三藏居于静住寺。三藏善以持念召龙兴云雨。昕于是诣寺，谓三藏曰："今兹骄阳累月矣，圣上悬忧，撤乐贬食，岁凶是念，民瘵（zhài）为忧。幸吾师为结坛场致雨也。"三藏曰："易与耳。然召龙以兴云雨，吾恐风雷之震，有害于生植，又何补于稼穑耶。"昕曰："迅雷甚雨，诚不能滋百谷，适足以清暑热，而少解黔首之病也。愿无辞焉。"三藏不获已，乃命其徒，取华木皮仅尺余，缵小龙于其上，而以炉瓯香水置于前。三藏转咒，震舌呼祝。咒者食顷，即以缵龙授昕曰："可投此于曲江中，投讫亟还，无冒风雨。"昕如言投之。旋有白龙才尺余，摇鬣振鳞自水出，俄而身长数丈，状如曳素，倏忽亘天。昕鞭马疾驱，未及数十步，云物凝晦，暴雨骤降。比至永崇里，道中之水，已若决渠矣。（出《宣室志》）

译文

唐朝前兵部尚书萧昕曾担任京兆尹。当时京城大旱，炎热

郁闷的气息，蒸腾变成一种病害。代宗皇帝命令宰相祷告祭祀高山大川，一个多月过去了，热气更加炽烈。那时天竺国的和尚不空三藏住在静住寺。这个三藏和尚擅长用念咒的办法把龙召唤出来兴云布雨。萧昕于是到了寺里，对三藏和尚说："现在这里炎热的阳光已经接连晒了一个月了，皇上很担心，撤了音乐，减了饭食，担心收成不好，忧虑百姓生病。希望您设置祭坛求一场雨。"三藏说："求雨容易。但是召唤龙出来兴云下雨，我怕风雷震荡得太厉害，对植物生长有害，又对庄稼有什么好处呢？"萧昕说："迅雷急雨，确实不能滋润百谷，恰好能够清除暑热，而略微解除百姓的病患。希望您不要推辞。"三藏不得已，就让他的徒弟取来仅一尺长的一块桦树皮，在上面接了一条小龙，把炉火、盆和香水放到前边。三藏转入念咒，大声祷告。一顿饭的时间之后，他就把桦树皮上的龙交给萧昕说："可以把它投到曲江里去，投完马上回来，不要顶着风雨。"萧昕像他说的那样把龙投到曲江里去。随即

就有一条才一尺多长的小白龙摇动鬣毛、晃着鳞甲从水中出来，一会儿就长到几丈长，宛如一条白色的绸缎，忽然间横贯天空。萧昕打马奔跑，不到几十步，云气凝聚，物象晦暗，暴雨突然下来。等到他到了永崇里，路上的水，已经像河渠决口一样了。

读后感悟

古代天灾异变，人力难以抗拒，唯有乞求上天风调雨顺，获得好收成，而求雨自然成了常见行为，因此也就多有附会。

卢翰

原文诵读

唐安太守卢元裕子翰言,太守少时,尝结友读书终南山。日晚溪行,崖中得一圆石,莹白如鉴。方执玩,忽次堕地而折。中有白鱼约长寸余,随石宛转落涧中。渐盈尺,俄长丈余,鼓鬐(qí)掉尾。云雷暴兴,风雨大至。(出《纪闻》)

译文

唐安郡太守卢元裕的儿子卢翰说,卢元裕年轻时,曾经和朋友在终南山读书。他傍晚在溪边行走,从石崖中拾到一块圆形的石头,这石头莹晶光亮,如镜子一般。正拿着玩,忽然掉到地上摔断了,里边有一条一寸多长的白鱼,随着那石头打着转落到涧水中。只见那条小鱼渐渐长满一尺,不一会儿又长到一丈多长,它鼓动鱼鳍,摇动尾巴。于是云雷突起,风雨大作。

读后感悟

白龙鱼服,见困豫且。此白鱼也当为被困之白龙。

元义方

原文诵读

元义方使新罗,发鸡林州。遇海岛,中有泉,舟人皆汲水饮之。忽有小蛇自泉中出。海师遽曰:"龙怒。"遂发。未数里,风云雷电皆至,三日三夜不绝。及雨霁,见远岸城邑,乃莱州。(出《国史补》)

译文

元义方出使新罗国,从鸡林州出发。遇到海中一个小岛,岛上有泉水,船上的人都打泉水喝。忽然有一条小蛇从泉眼里钻出来。海师急忙说:"龙生气了。"于是马上出发。没有行驶几里远,风云雷电全都到来,三天三夜不停。等到雨过天晴,望见远处对岸的城邑,竟然是莱州。

读后感悟

唐时,新罗为朝鲜半岛东南部之部落联盟,与北部之高句丽,西面之百济对峙,后新罗借助唐朝兵力灭掉高句丽与百济,公元9世纪,新罗内乱,后归附高丽,国遂亡。

虎

汉景帝

原文诵读

汉景帝好游猎。见虎不能得之，乃为珍馔，祭所见之虎。帝乃梦虎曰："汝祭我，欲得我牙皮耶？我自杀，从汝取之。"明日，帝入山，果见此虎死在祭所。乃命剥取皮牙，余肉复为虎。（出《独异志》）

译文

汉景帝喜欢打猎。他发现一只老虎却不能猎得，于是准备了山珍海味，祭奠那只老虎。汉景帝于是梦到那只虎对他说："你祭我，目的就是想要得到我的牙和皮吧？我自杀，听凭你来取。"第二天，汉景帝进山，果然见到这个老虎死在祭祀的地方。于是他就让人剥了虎皮，拔了虎牙，剩下的虎肉又变成一只老虎。

读后感悟

虎没了牙和皮，仍是虎。人们往往喜爱外在的东西，但起决定性作用的还是人的内在。

亭长

原文诵读

长沙有民曾作槛捕虎。忽见一亭长,赤帻大冠,在槛中。因问其故,亭长怒曰:"昨被县召,误入此中耳。"于是出之。乃化为虎而去。(出《搜神记》)

译文

长沙的一个百姓曾经做了一个笼子捕捉老虎。去看时,忽然看到有一位亭长,戴着红头巾大高帽,在笼子里。于是他询问缘由,亭长愤怒地说:"昨天县官召见我,误进到这笼子里罢了。"他于是就把亭长放了出来。亭长竟然变成一只老虎跑开了。

读后感悟

此虎化为人形也是威武相貌,可见本性不可改。后又变虎,知其异也。

虎

裴旻

原文诵读

裴旻为龙华军使,守北平。北平多虎。旻善射,尝一日毙虎三十有一,既而于山下四顾自矜。有老父至曰:"此皆彪也,似虎而非。将军若遇真虎,无能为也。"旻曰:"真虎安在?"老父曰:"自此而北三十里,往往有之。"旻跃马而往,次丛薄中。果有一虎腾出,状小而势猛,据地一吼,山石震裂。旻马辟易,弓矢皆坠,殆不得免。自此惭惧,不复射虎。(出《国史补》)

译文

裴旻担任龙华军使,镇守北平。北平老虎很多。裴旻擅长射箭,曾经在一天之内射死过三十一只老虎,然后他就得意地在山下四处张望。有位老头走过来对他说:"这都是彪,像老虎而不是老虎。你要是遇上真的老虎,也就无能为力了。"裴旻说:"真虎在哪里?"老头说:"从这往北三十里,常常有虎出没。"裴旻跳上马前往,停到一片草丛中。果然有一只老虎跳了出来,这只老虎的体型很小,气势却很凶猛,站在那里一吼,山石震裂。裴旻的马吓得倒退,他的弓和箭都掉到了地

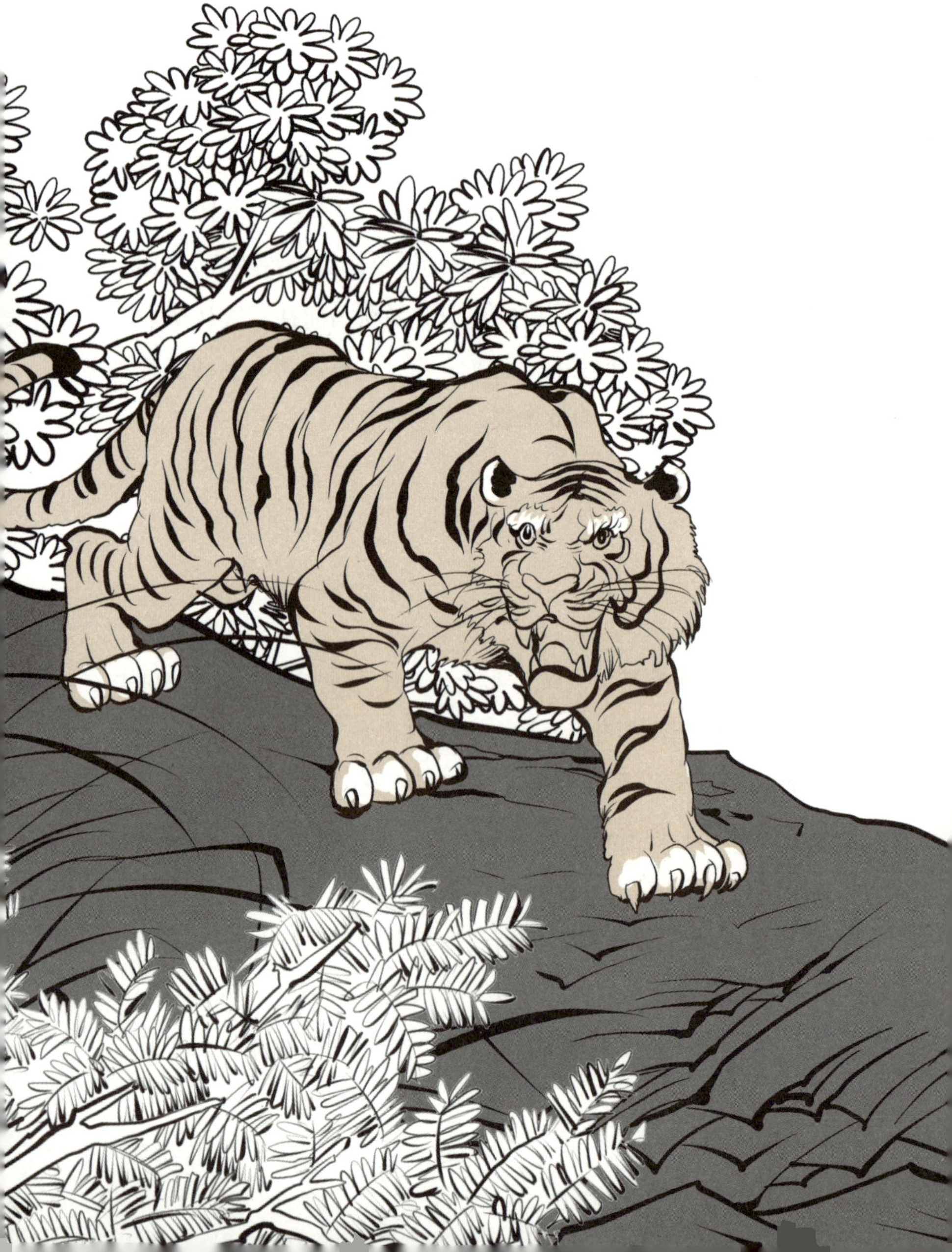

上，差一点不免一死。从此他又惭愧又害怕，不再射老虎了。

读后感悟

若不是"身在最高层"，怎能不被"浮云遮望眼"呢？

归生

原文诵读

弘文学士归生，乱后家寓巴州。遣使入蜀，早行，遇虎于道。遂升木以避。数虎迭来攫跃，取之不及。虎相谓曰："无过巴西县黄二郎也。"一虎乃去。俄有白狸者至，视其人而哮吼攫跃，使人升木愈高。既皆不得，环而守之。移时，有群骡撼铃声，遂各散。使人至巴西，果有黄二郎者乃巴西吏人，为虎所食也。（出《闻奇录》）

译文

弘文学士归生，战乱之后寄居于巴州。他被派到蜀地出

使，早上赶路，在路上遇到老虎。他于是爬到树上去躲避。几只老虎反复在树上跳跃抓取，抓不到他。老虎们互相说："千万不要放过巴西县的黄二郎啊。"一只老虎就离开了。不一会儿来了一只白色的狸，看着树上的人又是吼叫又是跳跃抓挠。归生爬得更高了。虎、狸全都够不着他，它们就围在周围守着归生。过了一会儿，一群骡子路过，铃铛摇动，于是老虎散去。归生到了巴西县后，果然听说有一个叫黄二郎的，是巴西县官吏，被老虎吃了。

读后感悟

老虎眼里，人是无区别的。吃了黄二郎，所有人不过也是"黄二郎"罢了。

蔺庭雍

原文诵读

吉阳治在涪州南。溯黔江三十里有寺，像设灵应，古碑犹在，物业甚多，人莫敢犯。涪州裨将蔺庭雍妹因过寺中，盗取常住物，遂即迷路。数日之内，身变为虎。其前足之上，银缠金钏，宛然犹存。每见乡人，隔树与语云："我盗寺中之物，变身如此。"求见其母，托人为言。母畏之，不敢往。虎来郭外，经年而去。（出《录异记》）

译文

吉阳的治所在涪州南面。逆着黔江边三十里的地方有一座寺院，寺中所设的神像都很灵验，古代的石碑尚在，寺中的东西很多，没有人敢侵夺。涪州裨将蔺庭雍的妹妹因为路过寺院，偷拿了寺里的东西，于是就迷了路。几天之内，变成一只老虎。它的前脚上，金银饰物，好像还在上面。每次见到乡人，它都隔着树对人说："我偷拿了寺里的东西，变成了这样的身体。"它要求见见母亲，托人替她传话。母亲害怕，不敢前去。老虎来到外城，过了一年才离开。

读后感悟

谨言慎行，做人之道，非己之物，虽一毫而莫取。

畜獣

金牛

原文诵读

长沙西南有金牛冈。汉武帝时，有一田父牵赤牛，告渔人曰："寄渡江。"渔人云："船小，岂胜得牛？"田父曰："但相容，不重君船。"于是人牛俱上。及半江，牛粪于船。田父曰："以此相赠。"既渡，渔人怒其污船，以桡（ráo）拨粪弃水，欲尽，方觉是金。讶其神异，乃蹑之，但见人牛入岭。随而掘之，莫能及也。今掘处犹存。（出《湘中记》）

译文

长沙西南有个金牛冈。汉武帝时，有一个种田的老汉牵着

一头红牛，他对一位渔夫说："请把我渡过江去。"渔夫说："我的船小，哪能载得动一头牛？"老汉说："只要能装下就行，不会给你的船增重。"于是人和牛一块上了船。等到了江心，牛在船上拉了屎。老汉说："把这牛粪送给你！"渡过去之后，渔夫对牛粪弄脏了船感到很生气，用船桨把牛屎拨到水里去，快要拨完的时候，才发现是金子。他感到惊奇，认为那老头是神异之人，就跟着老头，只看见老头和牛进到山岭里面。渔夫紧跟着就去挖掘，没有挖到。现在挖的那地方还在。

读后感悟

此渔人为人贪婪鄙陋，开始时嫌弃牛粪，后发现金子时跟随前往挖掘，追而不得，宜也。

周穆王八骏

原文诵读

周穆王即位三十二年，巡行天下，驭八龙之马。一名绝地，足不践土；二名翻羽，行越飞禽；三名奔霄，夜行万里；四名越影，逐日而行；五名逾辉，毛色炳耀；六名超光，一形十影；七名腾雾，乘云而趋；八名挟翼，身有肉翅。遍而驾焉，按辔徐行，以巡天下之域。穆王神智远谋，使辙迹遍于四海。故绝地之物，不期而自报。（出《王子年拾遗记》）

译文

周穆王即位三十二年，在天下巡游，他驾驭着被称为"八龙"的八匹马。其一叫绝地，跑起来脚不沾土；其二叫翻羽，驰骋起来能超过飞禽；其三叫奔宵，夜行万里；其四叫越影，能追赶着太阳奔跑；其五叫逾辉，毛色放光；其六叫超光，一个身形十个影子；其七叫腾雾，可以乘着云雾前进；其八叫挟翼，身上长有肉翅。八匹马一齐被驾到车上，周穆王按住缰绳慢慢前行，来巡视天下的疆域。周穆王深谋远虑，让车辙遍及四海。所以绝远的地方出产的物品，也会不期而自来。

读后感悟

穆王八骏又有以毛色命名者，曰赤骥、盗骊、白义、逾轮、山子、渠黄、华骝、绿耳。（见《穆天子传》）

汉文帝九逸

原文诵读

汉文帝自代还,有良马九匹,皆天下之骏。一名浮云,二名赤电,三名绝群,四名逸骠,五名紫燕骝,六名绿螭骢,七名龙子,八名鳞驹,九名绝尘,号名九逸。有来宣能御马,代王号为王良焉。(出《西京杂记》)

译文

汉文帝从代国回来的时候,有九匹良马,都是天下有名的骏马。其一叫浮云,其二叫赤电,其三叫绝群,其四叫逸骠,其五叫紫燕骝,其六叫绿螭骢,其七叫龙子,其八叫鳞驹,其九匹叫绝尘,称之为九逸。有个叫来宣的人,擅长驾驭马匹,代王称他为王良。

读后感悟

文帝"九逸",与周穆王"八骏"相似。

梁文

原文诵读

汉齐人梁文好道,其家有神祠,建室三四间,座上施皂帐,常在其中。积十数年,后因祀事,帐中忽有人语,自呼高山君,大能饮食,治病有验,文奉事甚肃。积数年,得进其帐中。神醉,文乃乞得奉见颜色。谓文曰:"授手来。"文纳手,得持其颐,髯须甚长。文渐绕手,卒然引之,而闻作杀羊声。座中惊起,助文引之,乃袁公路家羊也。失之七八年,不知所在,杀之乃绝。(出《搜神记》)

译文

汉朝的齐国人梁文喜欢道术,他家建造了专门用来祭神的三四间屋子,他在座位上挂了黑色的帷帐,自己常在这里待着。过了十几年,后来他在祭祀时,帷帐中忽然有人说话,此人自称高山君,说自己非常能吃能喝,治病很灵验,梁文很恭敬地侍奉他。过了几年,才得以进到帷帐中。神仙喝醉了酒,梁文就请求看看神的模样。神仙对梁文说:"你把手给我。"梁文把手伸过去,摸到了神的面颊,胡须特别长。梁文悄悄把胡须缠在手上,突然使劲拉拽,却听到了一种杀羊的叫声。在座

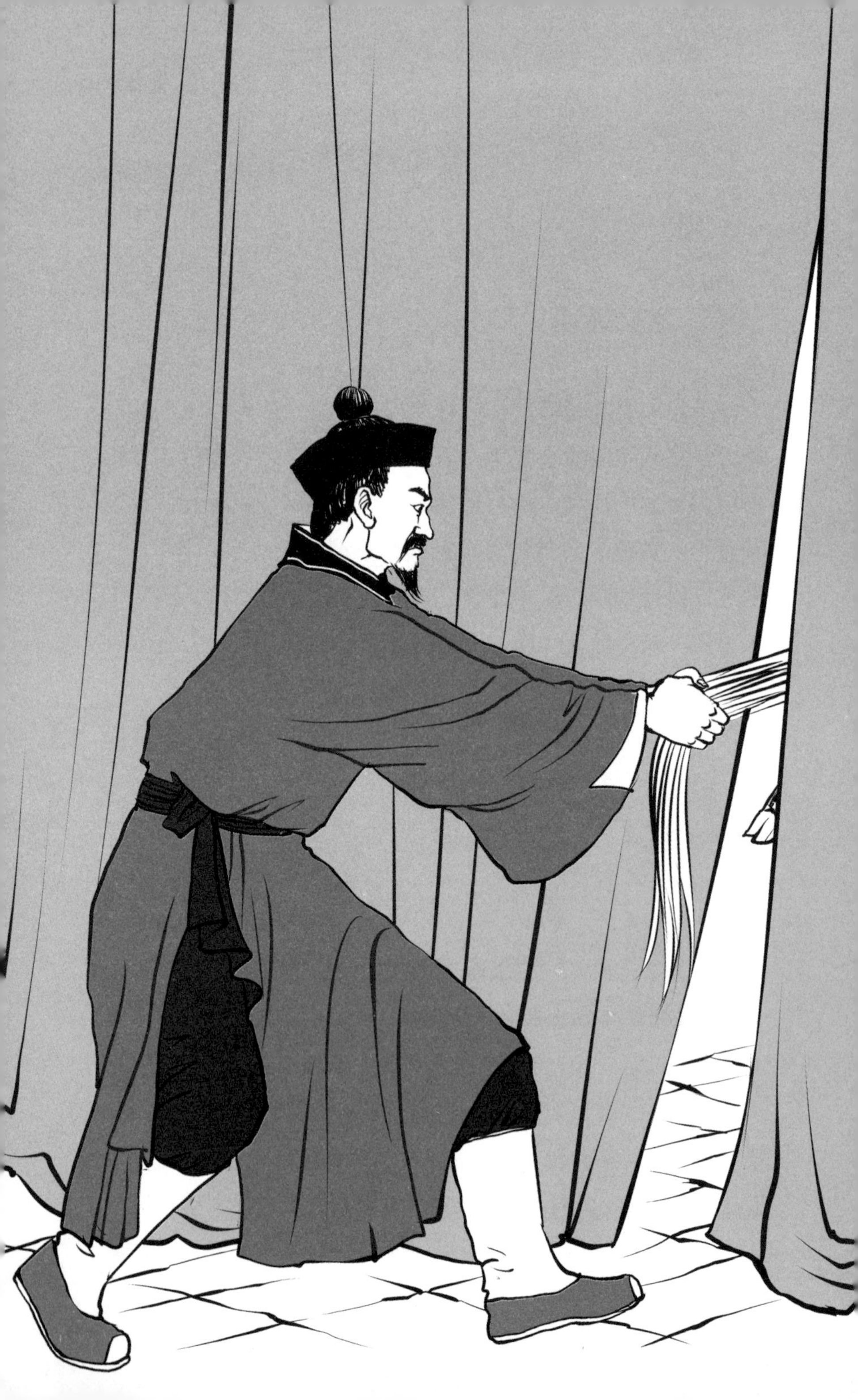

的吃惊地起身，帮着梁文往外拽，原来是袁公路家的一头羊。这头羊丢了七八年，不知道它在哪里，大家杀了这头羊之后，这个神也绝迹了。

读后感悟

《搜神记》多记怪异之事，此文中羊伪装为神，亦是怪事。

后魏庄帝

原文诵读

后魏，波斯国献狮子，永安末始达京师。庄帝谓侍中李彧(yù)曰："朕闻虎见狮子必伏，可觅试之。"于是诏近山郡县，捕虎以送。巩县山阳并送二虎一豹，见狮子，悉皆瞑目，不敢仰视。园中素有一盲熊，性甚驯善。帝令取试之。虞人牵盲熊至，闻狮子气，惊怖跳踉(liáng)，曳锁而走。帝大笑。（出《伽蓝记》）

译文

北魏时,波斯国进献了一头狮子,永安年末才送达京城。庄帝对侍中李彧说:"我听说老虎见了狮子必定会驯服,可以找来试试它。"于是就下诏给靠近大山的郡县,让他们捉老虎送来。巩县和山阳县送来两虎一豹,它们见了狮子,全都闭上眼睛,不敢仰视。园中平常养了一头瞎熊,性情非常温顺。庄帝让人把熊带来试试。管山林的官员把瞎眼熊牵来,熊闻到狮子的气息,惊恐地蹦跳,拽着锁链跑了,庄帝大笑。

读后感悟

狮子在中国并不多见,然汉代时已经有记载,如《汉书·武帝纪》载:"乌弋国去长安万五千三百里,出狮子、犀牛。"可见2000年前中国已有记录。

狼狈

原文诵读

狼大如狗，苍色，作声诸窍皆沸，髀中筋大如鸭卵，有犯盗者熏之，当令手挛缩。或言狼筋如织络小囊，虫所作也。狼粪烟直上，烽火用之。或言狼狈是两物。狈前足绝短，每行常驾两狼，失狼则不能动。故世言事乖者称"狼狈"。（出《酉阳杂俎》）

译文

狼有狗那么大，体色灰白，发出声音的时候七窍都在动，它大腿里的筋有鸭蛋粗细，有犯了偷盗罪的人，用狼筋熏他，能让他的手痉挛收缩。有人说狼筋像编织的小口袋，是虫子做的。点燃狼粪，它的烟会垂直上升，报告敌情的烽火就用它点燃的。有人说狼和狈是两种东西。狈的前腿极短，每次走路总是驾着两只狼，失去狼就不能行动。所以世人称事情不顺利为"狼狈"。

读后感悟

狼性凶残，故有狼子野心、狼心狗肺之谓。狈为传说中一种兽，其前腿短而不善奔跑，狼狈为奸才能成事。

狐

陈羡

原文诵读

后汉建安中,沛国郡陈羡为西海都尉。其部曲士灵孝无故逃去,羡欲杀之。居无何,孝复逃走。羡久不见,囚其妇。其妇实对,羡曰:"是必魅将去,当求之。"因将步骑数十,领猎犬,周旋于城外求索。果见孝于空冢中,闻人犬声怪避。羡使人扶以归,其形颇象狐矣。略不复与人相应,但啼呼索阿紫,阿紫雌狐字也。后十余日,乃稍稍了寤。云:"狐始来时,于屋曲角鸡栖间作好妇形,自称阿紫,招我。如此非一,忽然便随去。即为妻,暮辄与共还其家。遇狗不觉。"云,乐无比也。道士云:"此山魅。狐者先古之淫妇也,名曰阿紫,化为狐。故其怪多自称阿紫也。"(出《搜神记》)

译文

东汉建安年间,沛国郡人陈羡担任西海都尉。他的部下有一个叫灵孝的人无故逃跑,陈羡想要杀了他。不久,灵孝又逃跑了。陈羡很长时间见不到灵孝,就把灵孝的妻子囚禁起来。灵孝的妻子说了实话,陈羡说:"这一定是被鬼魅弄去了,应该出去找找。"于是他就率领几十名骑兵,领着猎狗,在城外周

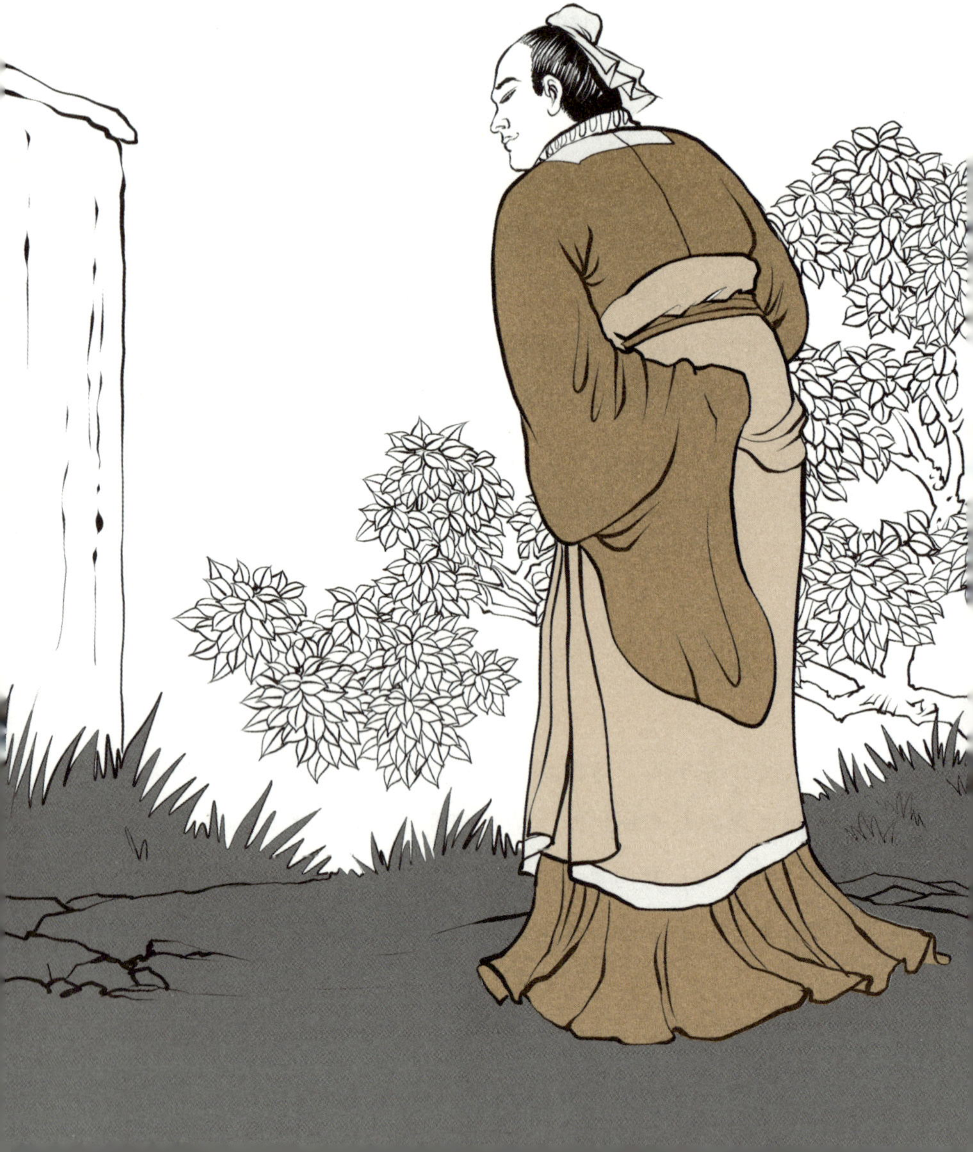

旋寻找。果然发现灵孝在一个空坟墓里。灵孝听到人和狗的声音，感到奇怪而躲避。陈羡让人把他扶回来，他那样子很像是只狐狸，一点也不再和人相适应，只哭喊着找阿紫。阿紫，是一只雌性狐狸的名字。十几天之后，才渐渐清醒了些。他说："狐狸刚来的时候，在屋拐角鸡窝旁边变化成一位美妇人的样子，自称阿紫，向我招手。如此不止一次，忽然有一天就跟她离开了。把她当作妻子，天黑就和她一起回到她家。遇上狗也发觉不了。"他说，和阿紫在一起快乐无比。道士说："这是山鬼。狐狸是先古的一个淫妇，名叫阿紫，变化成了狐狸。所以这一类鬼怪大多自称为阿紫。"

读后感悟

狐媚能惑人，古人多有所记，蒲松龄《聊斋志异》里更是记下来许多狐的故事。

焦练师

原文诵读

唐开元中，有焦练师修道，聚徒甚众。有黄裙妇人自称阿

胡，就焦学道术。经三年，尽焦之术，而固辞去。焦苦留之。阿胡云："已是野狐，本来学术。今无术可学，义不得留。"焦因欲以术拘留之。胡随事酬答，焦不能及。乃于嵩顶设坛，启告老君。自言己虽不才，然是道家弟子。妖狐所侮，恐大道将隳。言意恳切。坛四角忽有香烟出，俄成紫云，高数十丈。云中有老君见立。因礼拜陈云："正法已为妖狐所学，当更求法以降之。"老君乃于云中作法。有神王于云中以刀断狐腰。焦大欢庆。老君忽从云中下，变作黄裙妇人而去。（出《广异记》）

译文

唐朝开元年间，有一位姓焦的练师修炼道术，聚集的弟子很多。有一位穿黄裙子的妇人，自称阿胡，来向焦练师学习道术。经过三年，她把焦练师的道术全学完了，就坚决地告辞离开。焦练师苦苦地挽留她。她说："我是一只野狐狸，本是来学道术的。现在没有道术可学了，从道义上来说是不能留下的。"焦练师于是就想用法术拘捕阿胡。阿胡能随着事物的变化而应对，焦练师比不上她。于是焦练师在嵩山顶上设坛，禀告老君。他自己说，弟子我虽然不才，但是毕竟是道家弟子。妖狐侮辱弟子，恐怕我们的大道也要被她毁坏。他说得十分恳切。祭坛的四角忽然有香烟生出，很快变成紫色的云，几十丈高，云中老君出现。焦练师于是行礼拜见并说："我的正法已经被妖狐学去了，得另想办法降她。"老君就在云中作法。有一位神王在云中用刀砍断了狐狸的腰。焦练师很是欢喜地庆贺。老君忽然从云中下来，仍变成了那黄裙妇人离开了。

读后感悟

养狐为患，自食其果。

王义方

原文诵读

唐前御史王义方黜莱州司户参军，去官归魏州，以讲授为业。时乡人郭无为颇有术，教义方使野狐。义方虽能呼得之，不伏使，却被群狐竞来恼。每掷瓦甓以击义方。或正诵读，即袭碎其书。闻空中有声云："有何神术，而欲使我乎？"义方竟不能禁止。无何而卒。（出《朝野佥载》）

译文

唐朝前御史王义方被罢黜了莱州司户参军的职务，离职回

到魏州，以讲课授业为职业。当时乡里有个叫郭无为的人很有道术，他教王义方使用野狐狸。王义方虽然能把狐狸呼唤出来，但是狐狸不听使唤，还会强烈反抗，常常扔砖瓦袭击他。有时候他正在诵读，就扯碎他的书。听到空中有声音说："你有什么神仙法术，就想要使唤我呢？"王义方最终不能禁止它们。不久，他就去世了。

读后感悟

"没有金刚钻，莫揽瓷器活。"想要驾驭恶人，更要有非凡的本领。

贺兰进明

原文诵读

唐贺兰进明为狐所媚，每到时节，狐新妇恒至京宅，通名起居，兼持贺遗及问讯。家人或有见者，状貌甚美。至五月五日，自进明已下，至其仆隶，皆有续命。家人以为不祥，多焚其物。狐悲泣云："此并真物，奈何焚之？"其后所得，遂以充用。后家人有就求漆背金花镜者，入人家偷镜挂

项，缘墙行，为主人家击杀，自尔怪绝焉。（出《广异记》）

译文

唐代的贺兰进明与狐狸结婚，每到节令时，狐狸新媳妇常常到京城的住宅去，通报姓名并住在那里，并带来贺兰进明的礼品和问候。家人中有的看见了她，相貌很美。到了五月五日，从贺兰进明，到他的仆人，都能得到她送给的礼物。家人认为不吉祥，大多焚烧了她给的礼物。狐狸悲伤地哭泣说："这些都是真的礼物，为什么烧了它们？"以后再得到她给的东西，大家就留下使用了。后来有个人向她请求要个背面上漆的金花镜，她到别人家里偷了镜子挂在脖子上，沿着墙往回走，被主人家打死了，从此怪事就没有了。

读后感悟

古有钟离委珠，珠有何错？不过是来路不正罢了。不义之财不可取，更不可求，否则招致杀身之祸。